리틀 시카고

리틀 시카고

정한아

장편소설

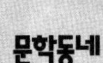
문학동네

할아버지, 할머니께

차례

프롤로그

지구에는 지금까지 몇 차례의 종말이 있었다. 파멸의 양상은 시기별로 다양했다. 모든 사람들이 빤히 보는 가운데 끝장이 난 경우도 있었고, 조금씩 줄어들다가 스러진 경우도 있었고, 높이 떠오르다가 그만 날아가버린 경우도 있었다. 끊어진 것들은 복원되지 않았다. 지구는 조금씩 희미해지고 있다.

누구나 종말을 체험하며 산다. 열일곱 살인 나도 매일매일 그 유실을 경험하고 있다. 지구는 한 줄의 끈이 아니라, 겹겹이 연결된 거미줄과 같은 것이다. 그러므로 종말론을 운운하는 것은 참으로 우스운 일이다. 개개의, 개별적인 종말이 있을 뿐이다. 사라져가는 세계를 똑바로 바라볼 용기를 내지 못하는 자들만이 몰살 혹은 인간 멸종 같은 환상을 가지고 살아간다.

어둠 속에서 딸깍, 스위치 올리는 소리가 들린다. 허공을 가르는 그 소리와 함께 아래층 창문에서 희미한 주황색 빛이 새어나온다.

조금 전부터 깨 있던 나는 자리에서 일어나 창밖을 내다본다. 한 줄기 빛도 없이 캄캄한 골목길. 이윽고 도마 위 칼 다지는 소리가 울린다.

매일 한결같은 그 소리를 들으며 계단을 내려간다. 레스토랑 안에 작업복을 입은 미군이 두 명 앉아 있는 것이 보인다. 한 명은 커피를 마시고 있고, 한 명은 엽서를 쓰고 있다. 테이블 아래 커다란 가방이 눈에 띈다.

부엌에 서 있는 아버지의 뒷모습. 나는 그 모습을 눈에 담고 조용히 가게를 빠져나간다. 골목 사이로 부는 바람이 쌀쌀하다.

문을 닫은 지 오래된 가게들이 그곳에 줄지어 서 있다. 사람들이 모두 떠나고 난 뒤에도 이 골목의 풍경은 변하지 않았다. 한때 이곳에 가득했던 빛과 소리, 움직임 들이 환영처럼 떠오른다. 오랜 시간이 지났는데도, 바로 엊그제의 일인 것 같다.

미군부대 쪽으로 걸어갈수록 땅을 울리는 굉음이 가까워진다. 뿌연 새벽안개 사이로 거대한 캐터필러의 움직임이 보인다. 부대 안쪽에서 탱크가 줄지어 나오고, 한 소대의 군인을 실은 군용트럭이 그 뒤를 따른다. 텅 빈 기지를 지키던 마지막 미군들이다. 트럭 뒤에 앉은 미군이 멀찌감치 서 있는 나를 향해 모자를 들어 보인다.

그들은 느린 속도로 점차 시야에서 멀어져간다. 한순간 그들이 방향을 바꾸어 돌아올 것만 같은 착각이 든다. 나는 한시도 눈을 떼지 않는다. 이윽고 그 모든 것이 점보다 더 작아질 때까지. 힘없이 입을 벌린 철문이 바람에 흔들리며 쇳소리를 낸다.

이제 남은 것은 침묵뿐이다. 나는 뒤를 돌아 골목을 바라본다. 부대에서 골목으로 이어지는 길 위에 두꺼운 침묵이 깔린 것만 같다. 어쩌면 이 순간이 두려워서, 모든 사람들이 그렇게 도망치듯 골목을 떠났는지도 모른다. 나는 줄곧 이때를 기다려왔다. 끝에서부터 시작하기 위해서. 이제 나는 이야기를 시작할 것이다. 그것이 살아남은 자들의 책임일 테니까.

1

　우리가 처음으로 마주하는 세상은 흑백의 풍경이다. 시신경이 활성화되는 생후 사 개월까지, 아기들은 묽디묽은 무채색의 세상을 본다. 시간이 지나면서 공간은 점차 색채를 띠기 시작한다. 맨 처음 나뭇잎이 녹색으로 빛나기 시작한 순간, 병아리의 솜털이 노랗게 변한 순간, 하늘이 석양의 붉은빛으로 물든 순간, 아기들은 놀라서 소리를 지른다. 그 빛은 우리 생에 잠시 머물렀다가, 죽음에 이르는 순간 사라져버린다. 그래서 다들 뒤늦게 이마를 치는 것이다. 좀더 봐둘걸, 좀더 머물러서 봐둘걸.

　내가 태어나 자란 골목은 '리틀 시카고'라 불렸다. 미군들이 지은 그 이름은 마피아와 갱단이 활약하던 범죄의 도시 시카고에서 따온 것이다. 나는 그곳에서 여러 가지 색깔을 가진 사람들을 만났다. 노란색 머리카락을 가진 사람, 빨간색 머리카락을 가진 사람, 파란색 눈동자를 가진 사람, 회색 눈동자를 가진 사람, 갈색 얼굴을 가진 사람, 검정색 얼굴을 가진 사람…… 그 사람들이 모두 한꺼번에 쏟아져나오면 꼭 무지개가 뜨는 것 같았다. 그 골목은 갖가지 색깔을 품고서 오십 년간 변함없이 그 자리에 있었다.

우리 집은 할아버지 때부터 골목길 한가운데서 레스토랑을 했다. 그곳은 원래 화방이 있던 자리였다. 징집 미군들이 있던 시절에는 그런 고급 취미생활이 유행이었다고 한다. 미군부대에서 허드렛일을 하며 잔뼈가 굵은 할아버지는 화방 자리가 나왔을 때, 빚을 얻어 레스토랑을 열었다. 간판도 바꿔 달지 않고 스테이크를 구워 날랐는데, 장사가 얼마나 잘되었는지 달러를 셀 틈도 없었다고 한다. 어느 날 할아버지는 레스토랑 밖에서 담배를 피우다가, 건물의 꼭대기에서 잊고 있던 가게 간판을 발견했다. 그사이 누군가 래커로 장난을 쳐놓아서 art라는 글자 양옆으로 e와 h가 덧붙어 있었다. 할아버지는 담배연기를 내뿜으면서 'earth'라는 글자를 바라보았다. 할아버지는 아빠를 불러서 그것이 무슨 뜻이냐고 물었다. 아빠는 그 간판이 마음에 들었다. "원조 맛집이라는 뜻이에요." 할아버지는 돌아가실 때까지 그 간판의 진짜 뜻을 몰랐다.

할아버지는 나를 좋아하지 않았다. 대학까지 공부한 아빠가 대를 이어 미군들의 스테이크를 굽게 된 것이 전부 내 탓이라고 여겼기 때문이다. 할아버지는 한탄을 가득 담은 눈으로 내 얼굴을 빤히 들여다보곤 했다. 어린아이였던 나로서도 차마 마주할 수 없는 눈빛이었다. 노인들의 눈은 왜 그렇게 물기가 많은지 모르겠다. 할아버지는 내가 다섯 살 때 돌아가셨고, 유언에 따라 화장되었다.

아빠는 아침마다 나를 레스토랑 의자에 앉혀놓고 부엌으로 들어갔다. 가게에 온 미군들은 문을 열고 닫을 때마다 내 머리를 쓰다듬었다. 오후가 되면 정수리가 얼얼할 정도였다. 몰래 부엌에 들어가면 지글지글, 스테이크 굽는 소리와 열기로 어른거리는 붉은 손이 보였다. 아빠는 젊었을 때 입은 화상으로 어깨부터 왼손까지 이어지는 붉은 흉터를 가지고 있었다. 그 때문에 여름에도 늘 소매가 긴옷을 입고 다녔다. 아빠는 책을 읽을 때도, 밥을 먹을 때도, 왼손을 주머니에서 빼지 않았다.

글을 배우기 전까지, 나는 엄마라는 존재에 대해서 알지 못했다. 나를 낳은 사람이 있다는 것, 그러니까 여자들이 아기를 뱃속에서 키워 낳는다는 것이 내게는 영 거짓말 같았다. 나는 레스토랑 앞에 앉아서 온종일 길을 지나가는 여자들의 배를 훔쳐보았다. 슈퍼 아줌마의 두둑한 배, 여군들의 근육질 배, 클럽 언니들의 잘록한 배, 노래를 부르는 여자의 배, 웃고 있는 여자의 배, 머리를 빗는 여자의 배, 잠을 자는 여자의 배, 세상 모든 여자의 배. "얘, 너 왜 우니?" 사람들이 나를 보고 물었다. 나도 모르게 눈물이 줄줄 흐르고 있었다. 나는 잠이 안 올 때마다 말랑말랑한 내 배를 만져보았다. 그러면 금세 눈이 감겼다.

레스토랑에 처음 온 미군들은 제일 먼저 벽에 걸린 그림들을 보고 놀랐다. 오래전 화방 주인이 두고 간 그 그림들은 전부 가짜 명화였는데, 가만히 보고 있으면 웃음이 나왔다. 기가 막힐 정도로 어설픈 모사품이었기 때문이다. 나는 뒤틀린 모딜리아니와 어긋난 고갱의 그림 사이에서 자랐다. 말하자면 전위적인 예술환경이었던 셈이다.

부엌 천장에는 색색깔의 촛농방울이 고드름처럼 맺혀 있었다. 그 것은 미카와 내가 일곱 살 때 만든 작품이었다. 당시 나는 샬롬하우 스에서 배운 색양초 만드는 법을 시험하기 위해서 미카와 함께 레 스토랑 부엌에 들어갔다.

샬롬하우스는 외국인 노동자를 위한 쉼터로, 미군들이 버리고 간 고아들과 클럽에서 일하는 여자들의 아이를 하루 종일 돌봐주는 곳 이었다. 그곳에 가면 어린아이들을 곶감처럼 팔뚝에 주렁주렁 매달 고 다니는 존 목사님을 볼 수 있었다. 나는 그 아이들과 함께 존 목 사님에게서 영어를 배웠다.

아버지가 흑인인 미카는 샬롬하우스에 가는 것을 좋아하지 않았 다. 그래서 늘 그곳에서 있었던 일을 내가 나중에 얘기해주곤 했다. 그날, 나는 미카에게 집 안에 굴러다니는 작은 양초들을 모아오라 고 했다. 우리는 양초를 한데 모아서 냄비에 넣었다.

"정말 이렇게 하는 거 맞아?"

스테이크를 구울 때 쓰는 커다란 화구에 양철냄비를 올려놓자, 미카는 좀 불안해했다. 그때 미카는 나보다 키도 작고, 목소리도 꼭 아기 같았다.

"나만 믿어."

나는 자신 있게 불을 키웠다. 냄비는 금세 기세 좋게 끓어올랐다. 미카는 파란색과 연두색, 나는 빨간색과 노란색 크레파스를 골라서 냄비에 집어넣었다. 크레파스가 녹는 동안, 우리는 잠깐 아이스크림 을 먹었다. 냉동실에는 항아리만한 아이스크림통이 있었다. 미카는 초콜릿 아이스크림을 먹으면서 나를 보고 씩 웃었다. 나는 미카의 입에 문은 아이스크림을 닦아주고 함께 웃었다.

얼마쯤 시간이 흘렀는지, 뭔가 타는 냄새에 문득 뒤를 돌아보자 시커멓게 그을린 양철냄비에서 불길이 솟아오르고 있었다. 깜짝 놀란 나는 얼른 냄비에 물을 끼얹었다. 펑, 소리와 함께 색색깔의 염료덩어리들이 공중으로 튀어올랐다.

부엌으로 달려온 아빠는 제일 먼저 우리가 다치지 않았는지 살펴보았다. 아빠는 촛농이 튄 벽을 보고는 아무 말 없이 한숨을 내쉬었다.

"앞으로 내 허락 없이 부엌에 들어와서는 안 된다."

우리는 하얗게 질린 얼굴로 고개를 끄덕였다. 화구 주변이 전부 엉망이 되어 있었다.

"그럼 나가봐라."

아빠는 부엌 집기를 정리하기 시작했다. 밖으로 걸어나오는데 자꾸 다리가 떨렸다.

"우리 아빠였으면 난리가 났을걸."

레스토랑 계단에 주저앉아 미카가 말했다. 나는 고개를 끄덕였다.

"엉덩이 열 대쯤은 맞았겠지."

미군에서 제대한 미카 아빠 토니 아저씨는 클럽에서 디제이로 일하고 있었는데, 목소리가 엄청 컸다. 화를 내는 소리, 껄껄껄 웃어젖히는 소리가 아주 멀리까지 들릴 정도였다. 아저씨는 말을 할 때, 꼭 리듬을 타면서 몸을 흔들어댔다. 미카가 옆에 있으면 쿡쿡 찌르고, 간질이고, 비행기를 태우고, 어쩔 줄 모르겠다는 듯이 꽉 껴안고서 이리저리 흔들어댔다.

시끄러운 토니 아저씨에 비하면, 아빠는 늘 변함없는 풍경 같은 사람이었다.

"다행이다."

미카가 한숨을 쉬며 말했다. 나는 아무 말도 하지 않았다. 손가락에 빨간색 촛농이 튀어 굳어 있었다.

나는 아빠가 내 어깨를 붙잡고 마구 흔들어주었으면 좋겠다고 생각했다. 아빠가 큰 소리로 화를 내고, 나를 안고 데굴데굴 구르면서 웃었으면 좋겠다고.

아빠는 내가 무슨 일을 저질러도 화를 내지 않았다. 내가 아무 데나 침을 뱉어봐도, 누더기처럼 찢어진 옷을 입고 다녀도, 부엌 냉장고 플러그를 뽑아봐도, 앵무새처럼 말을 따라 하며 졸졸 쫓아다녀도, 단 한 번 목청을 높이지 않았다.

아빠는 늘 한숨만 내쉬었다. 그러곤 고개를 돌린 뒤 부엌으로 사라져버렸다.

나는 수도 없이 상상하곤 했다. 오토바이를 탄 진짜 아빠가 나타나 나를 태우고 골목길을 빠져나가는 상상. 망연자실한 가짜 아빠에게는 해맑은 표정으로 손을 흔들어줄 생각이었다. 안녕, 그동안 고마웠어요.

하지만 오토바이는커녕 리어카 한 대도 나를 찾아오지 않았다. 나는 고요하기만 한 골목 입구를 바라보고 또 바라보았다. 일어나야 할 일이 일어나지 않는 것을 이해할 수 없었다.

그래서, 내가 먼저 집을 나가기로 했다. 이른 봄, 초등학교 입학식을 며칠 앞둔 어느 날이었다. 커다란 가방을 멘 나를 보고 미카가 눈을 껌뻑거렸다.

"뭐하는 거야?"

"이 동네를 떠날 거야."

미카는 말없이 나를 바라보더니, 집에 들어가서 내 것과 비슷한 배낭을 메고 나왔다.

"나도 갈래."

"장난하냐?"

미카는 도토리 같은 얼굴을 들어서 나를 바라보았다.

"나는 이 동네가 지긋지긋해."

미카는 그 작은 입술로 지긋지긋, 이라고 말했다. 미카와 나란히 골목길을 빠져나가는데, 슈퍼 아줌마가 소풍을 가는 거냐고 물었다. 아줌마는 우리 가방에 바나나우유를 하나씩 넣어주었다. 내 가방 안에는 노란색 비옷, 헝겊 토끼인형, 돈 오만칠천육백원이 들어 있었다. 그 돈을 모으려고 지난 계절 내내 아빠 몰래 미군들에게 코코아를 팔았다.

서울행 버스에 올라타자, 미카가 물었다.

"서울에 아는 데 있어?"

"아니."

나는 고개를 돌리고 창밖을 바라보았다.

"생각해둔 데는 있어."

서울에 도착한 뒤, 우리는 한참 동안 길을 헤맸다. 사람들에게 방향을 물어봐도 전부 허공에 대고 손가락질만 해서, 같은 곳을 빙빙 돌았다. 목적지에 도착하자 점심때가 다 되어 있었다. 멀리 거대한 관람차가 눈에 들어왔다. 미카와 나는 손을 잡고 그곳으로 달려갔다. 미카의 슬리퍼가 자꾸 벗겨져 넘어질 뻔했다.

여드름투성이에 안경을 낀 매표소 직원은 미카를 뚫어져라 쳐다봤다. 우리가 집 나온 걸 알아챈 게 아닌가 덜컥 겁이 났다. 그는 머뭇머뭇 티켓을 내어주면서, 미카를 향해 수줍게 말했다.

"웰컴 투 코리아."

우리는 입을 막고 숨죽여 웃었다. 터널 같은 입구를 통과하자, 눈부신 풍경이 펼쳐졌다. 사탕으로 만든 궁전, 은하수 다리, 금빛 분수대. 미카와 나는 한참 동안 미동도 않고 그 모든 것을 바라보았다. 사방에서 별들이 반짝거렸다.

"저기로 가자!"

미카가 나를 이끌었다. 회전목마를 실제로 본 건 처음이었다. 보석투구를 쓴 말들이 오르골 소리에 맞춰 빙글빙글 돌아가고 있었다. 우리는 긴 줄의 끝에 서서 차례를 기다렸다.

"엄마, 쟤네들 노숙자 같아."

내 앞에 선 여자애가 비쩍 마른 아줌마의 귀에 대고 다른 사람들에게 다 들리도록 말했다. 사람들과 눈이 마주치고 나서야 그게 우리를 말한 것임을 알았다. 나는 잠자코 모자를 눌러썼다. 화가 남과 동시에 부끄러운 기분이 들었는데, 그때는 그것이 하나의 감정이라는 것을 몰랐다.

문이 열리자, 아이들이 전부 목마를 향해 달려갔다. 여기저기서 "엄마, 아빠! 나! 여기!" 외쳐대는 소리가 들렸다. 내가 점찍어뒀던 은색 말은 제일 빨리 달려간 남자애가 차지했다. 나는 녹색 망아지

위에 간신히 자리를 잡았다. 미카는 보이지 않았다.

목마가 움직이자, 어른들이 일제히 사진을 찍기 시작했다. 아줌마들은 애들이 탄 목마를 쫓아 움직이면서 카메라를 들이댔고, 나는 그때마다 몸을 뒤로 빼줘야 했다. 사방에서 플래시가 터졌다. 자기 아이가 보일 때마다 팔을 흔들고 괴성을 질러대는 엄마들 때문에 오르골 멜로디가 잘 들리지 않았다. 목마를 탄 애들은 전부 누군가와 눈을 마주치며, 손을 흔들고 있었다. 멀리 나처럼 주위를 두리번거리는 미카가 보였다.

회전목마에서 내려온 미카와 나는 나란히 벤치에 앉아서 바나나 우유를 먹었다. 우리는 말없이 빨대를 쪽쪽 빨았다. 길거리를 지나가던 애들이 손가락으로 미카를 가리키며 '깜둥이'라고 소리를 질러댔다.

"얘, 그럼 못써."

부모들은 아이의 손을 끌어내리면서 미카를 돌아보았다.

나는 미카의 손을 붙잡고 제일 앞에 보이는 다람쥐통에 들어갔다. 다람쥐통과 함께 주위가 핑핑 돌았다. 우리는 사람들의 웃음소리, 핫도그 냄새, 눈부신 조명 사이에서 데굴데굴데굴 굴렀다. 잠시 후 퍼레이드가 시작됐다. 미카와 나는 겹겹이 둘러선 사람들의 벽 아래를 비집고 들어갔다. 캉캉춤을 추는 여자들과 투우사 복장을 한 남자들이 보였다. 음악이 귀를 찢을 듯 시끄러웠다. 바퀴 달린 양탄자 위의 재스민 공주가 지나가고, 번들거리는 꼬리를 손으로 흔드는 인어공주가 지나갔다. 사십 인의 도적이 재주를 넘고, 엉덩이를 실룩거리는 일곱 난쟁이가 나타났을 때, 갑자기 미카가 노란

물을 토하기 시작했다. 사람들이 비명을 지르며 우리에게서 물러섰다. 미카의 슬리퍼 한쪽이 무리에 휩쓸려가버렸다. 나는 슬리퍼를 잡으려고 손을 뻗었다가 어른들의 구둣발에 밟힐 뻔했다. 순간 누군가 내 손을 낚아챘다.

램프의 요정 지니의 복장을 한 흑인 아저씨였다. 그가 마법처럼, 미카의 슬리퍼를 건네주었다. 미카를 부축하고 놀이공원을 나오는데, 밤하늘이 벌써 캄캄해져 있었다. 시큼한 냄새 때문에 우리 옆을 지나가는 사람들이 인상을 찌푸렸다. 어디선가 클랙슨 소리가 들렸다.

티셔츠로 갈아입은 지니 아저씨였다.

"너희 집이 어디냐?"

미군부대 앞 '리틀 시카고'라고 했더니, 그는 잠시 미간을 좁혔다. 우리 동네를 아는 듯했다. 미카는 차 안에서 내내 코를 골고 잤다. 골목 입구에 도착했을 때, 그는 주변의 클럽들을 말없이 둘러보았다.

"다른 데 가지 말고 얼른 들어가라."

지니는 우리가 내리자마자 차를 출발시켰다. 미카가 샬롬하우스에 들어간 뒤, 나는 레스토랑으로 터덜터덜 걸어갔다. 주머니 속 동전들이 짤랑거렸다. 레스토랑 안에서 아빠가 테이블을 닦고 있었다.

멀리서 샬롬하우스 아이들이 인디언 노래를 부르는 소리가 들렸다. 나를 본 아빠가 문을 열고 나왔다.

"어디 갔다 왔니?"

아빠가 물었다. 길 건너 포장마차에서 김밥을 먹던 필리핀 언니들이 나를 향해 손을 흔들었다.

"아뇨."

나는 마주 손을 흔들고 집으로 올라갔다.

2

골목 사람들의 얼굴은 항상 미군부대 쪽을 향하고 있었다. 부대 안에서 어떤 움직임이 있는지, 야외훈련은 어디로 가는지, 급여날짜는 언제인지, 일거수일투족에 민감했다. 늘 확인되지 않은 소문이 떠돌았다. 골목 사람들은 미군들에게 생사가 달린 것처럼 굴었다. 그들이 떠나면 세상이 끝나기라도 한다는 식이었다.

미군들이 골목을 떠날 때마다 샬롬하우스에는 아이들이 늘어났다. 존 목사님은 잃어버렸다 되찾은 아이들처럼 두 팔로 안아주었다. 새로운 아이가 들어오는 날이면 울음소리에 머리가 지끈거렸다.

"존 목사님, 궁금한 게 있어요."

"네 질문이라면 언제든지 환영이지."

샬롬하우스 울타리에 페인트칠을 하고 있던 목사님은 붓을 내려놓고 나를 마주 보았다.

"목사님, 지구 종말은 2012년에 올까요, 2050년에 올까요?"

"그게 무슨 소리니?"

"노스트라다무스는 2012년에 지구가 종말한다고 예언했는데요. 또다른 과학자들은 2050년에 소행성이 충돌해서 지구가 폭발할 수 있다고 하잖아요. 저는 지구가 어떻게 끝장날 건지 알고 싶어요."

목사님은 안경을 벗고 눈가를 꾹꾹 눌렀다.

"소행성이니 종말이니 다 얼토당토않은 소리란다."

목사님이 나를 똑바로 보았다.

"마지막은 핵전쟁이 장식할 거야."

존 목사님의 핵전쟁 이야기―사람들이 구운 오리처럼 익어버리고, 낙진이 눈송이처럼 떨어지고, 뻥 뚫린 하늘에서 자외선이 그대로 쏟아지는 날―는 꼬마 적부터 들어오던 것이었다. 오십억 명이 사는 지구에 천억 명을 죽일 수 있는 핵폭탄이 있다는 것, 그 폭탄을 만들어낼 돈이면 세계 각지에서 굶어 죽어가는 애들을 전부 다 살릴 수 있다는 것도 존 목사님이 이야기해주었다.

존 목사님은 '핵반사(핵무기에 반대하는 사람들의 모임)'에서 지부장을 맡고 있었다. 일주일에 한 번씩 그 사람들과 모여 다양한 활동을 했다. 촛불시위, 가두행진, 공연기획 외에 신문사와 방송국에 전화를 걸기도 했다.

존 목사님은 나를 '동기'라고 부르기를 좋아했다. 미군부대 내 교회에 있던 목사님이 골목으로 나와 쉼터를 차린 것이 내가 태어나던 바로 그해였기 때문이다. 그에게는 교회도 십자가상도 없었지만, 사람들은 그를 계속 '목사님'이라고 불렀다.

"학교생활은 어떠니?"

"핵전쟁 같아요."

목사님은 웃으면서 나를 툭 치고 일어나 다시 페인트칠을 하기 시작했다.

학교에 간 첫날부터, 나는 그곳이 나와 맞지 않다는 것을 알아차렸다. 머리카락을 이라이저처럼 꼬아내린 여자가 선생님이라고 나타났을 때부터, 기정환경조사라는 것을 한답시고 엄마가 없는 사람, 아빠가 없는 사람, 둘 다 없는 사람, 손을 들라고 했을 때부터.

미카와 나는 다른 반이 되었다. 선생님이 마음에 드는 친구와 앉으라고 해서 나는 맨 구석에 혼자 팔짱을 끼고 앉았다. 뒤에 앉은 남자애가 내 머리 위에 계속 지우갯가루를 뿌려댔다.

수업시간이 되자 가슴속이 부글부글거렸다. 알파벳송은 하품이 나올 정도로 유치했고, 구구단은 도무지 이해할 수가 없었다. 나는 선생님이 내 앞을 지나가기만을 기다렸다가 천식환자 흉내를 냈다. 언젠가 샬롬하우스의 베트남 아이가 가르쳐준 것이었다. 선생님은 하얗게 질려가는 내 얼굴을 보고 너무 놀라서 아빠에게 전화를 걸었다.

아빠는 곧장 트럭을 몰고 나를 데리러 왔다. 나는 차 안에서 줄곧 얌전히 있다가, 젊은 의사선생님이 가까이 다가오자 눈꺼풀을 뒤집고 뒤로 벌렁 넘어졌다. 하루 종일 정밀검사를 했지만 의학적인 원인을 찾을 수 없었기 때문에, 상담치료와 함께 당분간 집에서 요양하라는 처방이 나왔다.

짐을 싸서 학교를 빠져나오는데 자꾸만 입이 벌어졌다. 아빠는 내가 히죽히죽 웃는 것을 보고도 아무 말도 하지 않았다. 나는 병원에서 가져온 약을 한 알도 먹지 않고 드러누워 텔레비전만 봤다. 아빠는 말없이 방을 나갔다. 갑자기 진짜 천식환자가 된 것처럼 가슴이 답답해졌다. 아빠의 한없는 침묵을 대할 때면 늘 사방이 꽉 막힌 방에 갇힌 것처럼 숨이 막혀왔다.

나는 자전거를 몰고 골목 바깥으로 달려갔다.

"미세스 정!"

탁 트인 텃밭에서 허리를 펴고 일어난 미세스 정이 나를 보고 환하게 웃으며 손을 흔들었다. 미세스 정은 고모할머니였다. 아빠가 고모할머니라는 호칭을 좋아하지 않아 우리는 그렇게 불렀다.

미세스 정을 처음 본 것은 할아버지가 돌아가신 지 얼마 안 되어서였다. 짐가방을 들고 레스토랑으로 찾아온 미세스 정은 자신이 할아버지의 동생이라고 했다. 아빠의 눈살이 찌푸려졌다. 할아버지의 가족에 대해서라면, 오래전에 소식이 끊겼다는 사실 말고는 아무것도 알지 못했기 때문이다. 미세스 정은 손을 내저으며 아빠를 안심시켰다.

"나는 그저 고향으로 돌아온 것뿐이에요. 짐이 될 생각 없어요."

그녀는 오히려 우리 집 일을 도와주는 편이었다. 아빠가 바쁠 때마다 나를 돌봐주었고, 제철에 나는 과일이나 채소를 줄기차게 가져다날랐다. 미세스 정은 골목에서 삼 킬로미터쯤 떨어진 곳에 텃밭을 일구고 살았다. 버려진 땅이나 다름없던 곳을 홀로 일구어서 넓은 밭으로 만든 것이다. 밭의 한쪽에서는 감자, 고구마, 옥수수, 마를 키웠고, 또다른 한쪽에서는 장미를 키웠다.

미세스 정은 젊었을 때 골목을 떠난 후 시골의 화원에서 지냈다는데, 특히 장미에 대해서는 모르는 게 없었다. 꽃밭 쪽에서는 구획마다 다른 색깔의 장미들이 피어났다. 꽃이 한꺼번에 피어날 때는 꼭 색색의 폭죽이 터지는 것 같았다. 한여름에는 멀리서도 그 향기를 맡을 수 있었다.

자전거를 타고 밭으로 찾아갔을 때, 미세스 정은 퇴비를 살펴보고 있었다. 그녀는 농사에 쓸 퇴비를 만드는 데 온갖 정성을 다 들였다. 음식찌꺼기에 방앗간에서 구한 깻묵을 더하고 밭에서 돋아나는 풀을 뽑아 보탰다. 한데 쌓인 퇴비 더미에서는 시간이 갈수록 달콤한 향기가 났다. 퇴비 속에서는 날카로웠던 생선뼈도 다 흐물흐물해져버렸다. 미세스 정은 그것이 미생물의 힘이라고 했다. 미생물은 눈에 보이지 않지만 가장 널리 존재하며, 또 모든 지구 생명의 윤활유가 되는 것이었다.

나는 퇴비 더미가 잘 섞이도록 발로 팍팍 밟아주었다. 금세 숨이 차올랐다.

"핵전쟁이 시작되면 지구는 순식간에 까맣게 익어버릴 거예요."

미세스 정은 숨차게 이야기하는 내 콧물을 닦아주었다.

"기분이 어떨까요?"

"글쎄다, 뭘 생각할 틈이나 있을까?"

"그래도 떠오르는 얼굴 하나는 있을 거 아니에요."

하늘에서 빗방울이 툭툭 떨어지자, 미세스 정은 서둘러 퇴비 더미의 덮개를 덮었다.

"아빠한테 여기 온다고 말씀드렸니? 걱정하시겠다."

빗속을 달려서 집에 도착했을 때, 아빠는 게스트하우스를 청소하고 있었다. 골목 안에 갈 곳 없는 사람들이 밤을 보낼 수 있는 게스트하우스는 샬롬하우스에서 운영하는 곳이지만, 우리 집 위층에 있어 아빠가 실질적인 관리인이나 마찬가지였다. 아빠는 불도 켜지 않은 방의 바닥을 닦느라 내가 부스럭거리는 소리도 듣지 못했다. 나는 조용히 아빠를 바라보다가, 층계를 내려왔다. 유리창을 때리던 빗소리가 점차 잠잠해졌다. 위층에서 청소기 돌아가는 소리가 들렸다. 지구의 마지막 순간, 나는 어디서 무얼 하고 있을까.

골목에서 빠져나와 숲길을 삼십 분쯤 올라가면 공동묘지가 나타났다. 그곳의 무덤들에는 이름이 없었다. 비석 대신 나무번호판이 꽂혀 있었는데, 그마저도 없는 무덤이 절반 이상이었다. 276번과 803번 무덤 위로 조금 올라가다보면, 엄마의 무덤을 찾을 수 있었다.

공동묘지는 버려진 무덤으로 가득한 곳이다. 이곳에 엄마를 묻은 것은 그것이 고인의 뜻이었기 때문이라고 한다. 멋지게 꾸며진 공원묘지도 얼마든지 있었을 텐데, 엄마는 왜 이곳을 원했는지 모르겠다.

아빠는 내게 엄마 이야기를 해준 적이 없었다. 스물두 살 때 나를 낳자마자 사고를 당해 죽고 말았다는 이야기가 전부였다. 더 물어보려고 하면, 내가 대신 울고 싶을 만큼 괴로운 기색을 보였다. 그래서 점점 더 말을 꺼낼 수가 없었다.

나는 종종 혼자 걸어서 숲으로 갔다. 특별한 이유가 있는 것은 아니었다. 다른 애들이 자다 깨어 '엄마!' 하듯이, 울음을 터뜨리며 '엄마!' 하듯이, 또 심심해서 '엄마!' 하듯이, 나에게도 삶의 순간순간 빈칸을 메울 무언가가 필요했을 뿐이다.

엄마의 무덤 앞에 가면 깨끗한 잔디에 앉아 비석에 새겨진 이름을 한참 동안 들여다보았다. 마치 그 안에 무언가 숨겨져 있기라도 한 듯이. 나는 쓸데없는 생각을 하는 데 선수였지만, 엄마에 대해서만큼은 생각을 조금도 늘려갈 수 없었다. 허공을 바라보고, 또 바라보고, 텅 빈 머릿속에서 하얀 궤적을 바라보며 빙빙 도는 게 전부였다. 어느 날 그렇게 멍하니 하늘에 구름이 떠가는 것을 보는데, 문득 노래가 흘러나왔다.

미루나무 꼭대기에
　조각구름 걸려 있네
　　솔바람이 몰고 와서
　　　살짝 걸쳐놓고 갔어요

　　뭉게구름 흰 구름은
　　　마음씨가 좋은가봐
　　　　솔바람이 부는 대로
　　　　　어디든지 흘러간대요

나는 조용히 주위를 둘러보았다. 그곳에 어떤 존재가 있었다. 그것은 부드러운 벽처럼 잠시 내 앞에 서 있었다. 그리고 몽글몽글한 감촉으로 나를 건드렸다. 간지러운 느낌에 웃음이 나왔다. 착각이라고 해도 좋고, 꿈이라고 해도 좋았다. 노래를 부를 때만큼은 혼자라는 생각이 들지 않았다.

3

천식을 핑계로 학교를 쉬면서, 나는 매일 알로하클럽에 드나들었다. 알로하클럽의 세라는 나보다 나이가 많은데도 하는 짓이 꼭 아기 같았다. 말도 제대로 하지 못하고, 먹는 것만 좋아하고, 걸핏하면 침을 흘렸다. 뭐든지 제 뜻대로 되지 않으면 고래고래 괴성을 질러댔다. 딸이 울부짖는 소리가 들리면 알로하클럽의 사장 아줌마가 눈을 부릅뜨고 달려왔다. 양복점 할아버지의 말로는, 그 집 딸의 정신이 온전치 못하다고 했다. 알로하클럽의 사장 아줌마가 이혼을 당한 것도 그 이유라는 것이었다.

어느 날 오후, 세라의 삼층짜리 인형의 집을 구경하고 나오는데 알로하클럽의 뒷문 쪽에서 이상한 소리가 들렸다. 나는 살금살금 그곳으로 다가갔다. 작게 열린 문틈으로, 누군가의 맨다리가 눈에 들어왔다. 검정색 브래지어와 팬티만 걸친 여자의 알몸이 보였다. 여자는 울고 있었다.

알로하클럽 사장 아줌마가 야구모자를 깊게 눌러쓴 남자에게 돈을 건네는 것이 보였다. 남자는 돈을 챙기고 빠른 걸음으로 골목을 빠져나갔다. 사장 아줌마는 뭐라고 몇 마디 말을 이르더니, 여자를 내버려두고 안으로 들어갔다.

해가 지면서 바람이 점차 쌀쌀해졌다. 나는 주춤주춤 그녀에게 다가갔다. 여자는 콧물까지 흘리며 울고 있었다. 나는 색색깔의 구슬이 달린 판초를 벗어 여자에게 덮어주었다. 내 옷은 그녀의 어깨 정도만 간신히 가릴 수 있었다. 여자는 고개를 들어 나를 보았다. 눈물로 빛나는 호박색 눈동자. 짤랑짤랑 흔들리는 작은 구슬 판초를 어깨에 걸친 그녀는 러시아의 공주 같았다. 이름도 아나스타샤였기 때문에, 나는 그녀를 타샤라고 불렀다.

당시 클럽에는 러시아 여자들이 많았다. 필리핀 여자들이 다람쥐 같다면, 러시아 여자들은 암표범 같았다. 댄서 비자로 들어온 러시아 여자들은 눈도 크고 키도 크고 가슴도 컸다. 자존심이 세서 누구 앞에서도 고개를 숙이거나 우는 모습을 보이지 않았다. 하지만 타샤는 조금 달랐다. 기쁠 때나 슬플 때, 감동적인 이야기를 듣거나, 불쌍한 사람을 볼 때도 그녀는 곧잘 눈물을 흘렸다.

아빠가 만드는 빵을 좋아해서, 아침저녁으로 레스토랑에 드나들던 그녀는 김이 모락모락 올라오는 따뜻한 빵을 먹을 때도 훌쩍훌쩍 눈물을 흘렸다.

"이건 행복해서 우는 거야."

타샤가 한국에 들어온 건 열아홉 살 때였다. 처음 몇 년간 그녀는 강남의 가라오케를 전전했다고 했다. 러시아에서 온 남자들이 그녀를 관리했는데, 조직의 말단으로 보이는 남자가 가끔 음료수나 감기약 따위를 건네곤 했다. 그녀와 동향이던 그는 벌이도 시원치 않은 일에 환멸을 느끼고 있었다. 애인이 되고 난 뒤, 그들은 도망을 치기로 했다. 갈아입을 옷 한 벌 없이, 일주일 내내 보드카를 퍼 마시며 남쪽으로 남쪽으로 내려갔다. 도중에 그는 러시아에 있는 타샤의 집에 전화를 걸어, 그녀의 부모님에게 자신을 소개하기도 했다.

돈이 떨어지자 몇 번 말다툼이 있었고, 몇 번은 크게 싸웠고, 울고, 화해하고, 그렇게 몇 주를 떠돌았다. 겨울이 가까워오던 어느 날 아침 약기운에서 깼을 때, 그녀는 이 골목 어귀에 닿아 있었다. 남자가 그녀를 팔아넘긴 것이다.

"남자들은 다 똑같아. 여자를 이용할 생각만 하지."

타샤는 코끝이 빨개져서 말했다.

"그래도…… 엄마 아빠에게 전화해주었던 건 고마웠어. 그렇게 나쁜 사람은 아니었는데."

타샤는 다른 여자들과 같이 알로하클럽 이층에서 살았다. 사장 아줌마는 여자들에게 각각 방세, 전기세, 물세까지 받았다. 여자들의 여권은 다 사장 아줌마의 금고 안에 들어 있었다. 그래서 누구도 자기 마음대로 골목 바깥으로 외출을 할 수 없었다. 필리핀 언니들에겐 그들을 관리하는 매니저들이 따로 있었다. 매니저들은 매일 두 차례씩 클럽에 들러 여자들의 상태를 확인하고 갔다. 매니저의 말 한마디에 따라 여자들은 가방을 싸서 클럽을 떠나거나, 한국을 떠나야 했다.

32

타샤는 골목에 들어온 지 삼 개월 만에 동양계 미군에게 프러포즈를 받았다.

"그런데…… 이름이 뭐였더라?"

커다란 모조 다이아몬드 반지를 보여주면서, 타샤는 고개를 갸웃거렸다. 그녀는 그를 자기 마음대로 '철수씨'라고 불렀다. 타샤는 한국 남자에 대한 환상을 가지고 있었다.

클럽 이층의 방에는 좁은 통로를 사이에 두고 이층침대가 다닥다닥 붙어 있었다. 몸단장을 하는 점심 무렵이면 그 방 안에 분냄새가 가득 찼다. 나는 그 냄새가 좋아서 언니들의 손발에 차이면서도 그 방 안을 기웃거리고는 했다. 단장을 끝낸 언니들은 마른 빵을 한두 개 집어먹고 홀로 내려갔다. 배꼽이나 허벅지를 드러낸 옷을 입고, 마치 무대 위에서 포즈를 잡듯이 몇 명은 당구대 옆으로, 몇 명은 출입문 앞으로, 또 몇 명은 길가로 나섰다.

오후 다섯시가 지나면 미군들이 하나둘 골목으로 들어왔다. 언니들은 미군들에게 키스를 날리면서 클럽 안으로 들어오라고 손짓했다. "주스, 주스 한 잔만!" 설탕이 절반인 가루를 물에 타서 만드는 '주스'는 한 잔에 십 달러였고, 그중 일 달러가 언니들에게 돌아갔다. 값이 비싼 양주일수록 돌아오는 몫이 더 커졌지만, 그런 건수가 걸리는 일은 드물었다. 언니들이 하룻밤에 마신 주스의 잔 수는 스티커로 표시되었다. 할당량을 채우지 못하면 경고를 받았고, 경고가 쌓이면 클럽을 나가야 했다. 이곳을 떠나서 갈 수 있는 곳은 사정이 너 안 좋은 클럽들뿐이었다. 언니들 사이에 주스 경쟁이 얼마나 치열한지, 미군 한 명이 클럽에 들어오면 서너 명 이상이 달라붙는 게 보통이었다.

미군들은 말만 잘 통해도 주스를 사주었다. 물론 한 잔으로 끝나는 경우는 별로 없었다. 언니들은 주스를 사주는 만큼만 옆에 붙어 있었다. 한 시간 동안 함께 있으려면, 십오 분마다 한 잔씩, 적어도 네 잔은 사야 했다. 언니들은 한참 이야기를 나누다가도 말을 끊고 이렇게 물었다. "아, 그런데 나 주스 한 잔 더 마셔도 될까?" 언젠가 나는 한 미군이 침울한 목소리로, "내가 주스를 사주지 않으면 나랑 이야기하지 않을 거니?"라고 묻는 것을 들은 적이 있다. 어떤 때 보면 미군들은 정말 어리석다. 맘에 드는 사람에게 주스를 사주는 것, 그것이 골목의 룰이었다.

처음 유치원에서 좋아하는 남자애를 만났을 때, 나는 그애에게 매일 주스를 사달라고 했다. 그것이 골목의 룰이니까. 돈이 부족해지자, 그애는 자기 엄마 아빠의 지갑까지 뒤졌다. 유치원에서 전화가 걸려왔을 때, 아빠는 다신 그런 일이 없도록 내게 주의를 주었지만, 그후에도 내가 클럽에 드나드는 걸 막지는 않았다. 막아도 별수 없다고 생각했던 건지, 크게 해될 일은 없다고 여겼던 건지 모르겠다. 어쨌든 나는 계속해서 클럽 문턱을 넘나들면서 세라와 인형놀이를 하고, 언니들의 심부름을 하고, 가끔은 타샤의 침대에서 함께 잠을 잤다.

클럽의 영업은 대개 늦은 새벽에야 끝났다. 뜨거운 물은 딱 삼십 분만 나왔기 때문에, 영업이 끝나면 다들 전속력을 다해 샤워실로 달려갔다. 뜨끈뜨끈한 물로 몸을 씻은 언니들은 그대로 쓰러져 잠이 들었다. 캄캄한 방 안에 누워 있으면 드르렁드르렁 코 고는 소리와 나지막하게 이를 가는 소리가 들렸다. 그리고, 그 사이로 훌쩍거리는 소리가 들렸다. 여자들의 눈물을 모으는 사람이 있다면, 꼭 이 골목을 추천하리라. 여기서는 여자의 눈물이 공기처럼 흔한데다가, 국적도 다양하고 값도 쌌으니까.

타샤 옆에서 잠을 자고 있는데, 우당탕 문을 두드리는 소리가 들렸다.

"선희야! 선희! 선희! 선희야!"

아침이 다 되어 겨우 잠든 언니들이 짜증스럽게 나를 쳐다보았다. 달려가서 문을 열자, 세라가 바보처럼 웃고 있었다.

"밥 먹어! 밥! 밥!"

세라는 커다란 손으로 내 손을 붙잡고 계단을 내려갔다. 클럽 뒷문으로 나가면 곧장 세라네 집이었다. 집에 들어가자 앞치마를 두른 알로하클럽 사장 아줌마가 나를 보고 씽긋 웃었다. 보라색 립스틱을 바른 입술이 꼭 죽은 물고기 같았다.

"우리 선희가 또 클럽 애들 방에서 같이 잤구나. 여기서 밥 먹고 가."

기분이 좋을 때면, 금테안경 속 사장 아줌마의 두 눈이 번뜩, 빛났다. 세라는 벌써 짭짭 소리를 내며 고기를 집어먹고 있었다. 나는 한쪽 엉덩이만 의자에 붙이고 앉았다.

"너희 아버지가 걱정이 많으시겠다."

아줌마가 맨손으로 음식을 집어먹는 세라의 손을 탁, 치며 말했다.

"왜 자꾸 클럽 여자애들 방에 와서 자구 그래?"

갑자기 사장 아줌마가 얼굴을 내 눈앞으로 바짝 가져다댔다. 죽은 물고기가 꿈틀거렸다.

"힘든 거 있으면 아줌마한테 말해. 엄마라고 생각하고."

보라색 아이섀도를 칠한 아줌마의 눈이 번뜩, 빛났다. 소름이 끼쳐서 벌떡 일어나 나오려는데, 아줌마가 큰 소리로 말했다.

"아빠한테 한번 식사하러 오시라고 해!"

알로하클럽 사장 아줌마가 아빠한테 침을 발라놨다는 건 골목 안에서 모르는 사람이 없었다. 짝사랑을 만천하에 알리는 것처럼 뻔뻔한 일이 또 있을까? 나는 사장 아줌마가 새엄마가 되는 것과 핵전쟁 중에 뭐가 더 나쁜 일일지 저울질해보았다. 딜레마에 빠져서 레스토랑 안으로 들어서는데, 사이렌 소리가 울렸다. 미군부대 쪽이었다.

그해, 미국의 이라크 공습이 시작되었다. 양복점 할아버지와 잭슨 할아버지는 전쟁이 언제 끝날 것인가를 두고 돈내기를 했다. 두 사람은 나를 증인으로 세웠다. 잭슨 할아버지는 '올해 안에 끝난다'에 오만원, 양복점 할아버지는 '안 끝난다'에 오만원을 걸었다. 나는 전쟁이 길어질 게 분명하다고 생각했다. 양복점 할아버지가 돈내기에서 지는 일은 거의 없었으니까.

텔레비전에서 이라크전쟁 이야기는 자주 나오지 않았다. 세상이 그토록 아무렇지 않은 것이 참 이상했다. 우리 골목에서는 그 전쟁이 하루하루 숨막히는 현실이었다. 파병을 앞둔 미군들은 바짝 당겨진 활처럼 팽팽하게 긴장하고 있었다.

그즈음 골목의 밤은 기이할 정도로 고요했다. 아침이 되면 여기저기 사람들이 모여 간밤의 일들을 두고 수군거렸다. 취한 미군과 부딪힌 아저씨는 맥주병에 입술이 찢겼고, 늦은 밤 골목을 지나가던 언니 하나는 미군 두 명에게 폭행을 당했고, 부대 근처에서 쓰레기를 줍던 할머니는 칼에 찔렸다. 어떤 것은 터무니없는 소문에 불과했고, 어떤 것은 사실이었다.

클럽 구석에서는 나이 어린 미군들이 한쪽 다리를 덜덜 떨면서 울곤 했다. 수십 대의 트럭이 몇 차례 미군들을 실어날랐다. 그들은 꼭 새벽녘에 이동했다. 잠결에 기척을 느끼고 창밖을 내다보면, 군복 속에 몸을 웅크린 형체들이 보였다. 그들 중 몇 명이나 살아남고, 또 몇 명이나 죽었을까. 온전히 살아남은 사람이 있긴 할까.

양복점 할아버지는 잭슨 할아버지와의 내기에서 오만원을 따고도 증인인 내게 아이스크림 한 개 사주지 않았다.

"아이스크림 먹으면 살찐다."

양복점 할아버지는 목에 건 줄자를 바람에 휘날리며 자리를 떠버렸다. 대신 잭슨 할아버지가 내 손을 잡고 슈퍼에 가서 아이스크림을 사줬다. 가끔은 두 할아버지가 친구라는 게 믿어지지 않았다.

양복점 할아버지와 잭슨 할아버지는 이 골목의 최고령자였다. 잭슨 할아버지는 젊었을 때부터 이 골목의 클럽에서 재즈를 연주했다고 하는데, 옛날 사진을 보면 갈색 눈동자에 갈색 머리카락이 꼭 키아누 리브스처럼 생겼다. 나이가 들면서 할아버지의 눈동자는 점차 탁한 검정색으로 바뀌었고, 머리카락은 하얗게 셌다. 체구까지 작아지면서, 길거리의 여느 노인과 다르지 않은 모습이 됐다. 잭슨 할아버지는 '결국 시간이 나를 개화시켰'고 우스갯소리를 하곤 했다.

미카는 잭슨 할아버지를 잘 따랐다. 잭슨 할아버지는 미카를 미카엘-천사라고 불렀다. 우리는 종종 악기점에서 할아버지의 친구들 이야기를 들었다. 한때 이 골목에 가득했던 혼혈아들 가운데 살아남은 사람은 잭슨 할아버지 한 명뿐이었다. 잭슨 할아버지의 친구들은 어렸을 때 전부 자취를 감춰버렸는데, 서커스단으로 팔려가거나, 외국으로 가거나, 죽어버렸다고 했다.

예전에 이 골목에서 죽음은 발에 차이는 돌멩이 같은 것이었다고, 잭슨 할아버지는 말했다. 여자들은 멍투성이의 몸으로 죽은 채 발견되었고, 혼혈아들은 태어나자마자 구두상자에 담겨서 버려졌다. 사람들은 보이지 않는 손에 끌려가기라도 하듯 그렇게 사라져갔다. 다만 끊임없이 그 자리를 메우는 사람들이 있었기 때문에, 또 누구도 그 원인을 알고 싶어하지 않았기 때문에 빠르게 잊혀졌다.

잭슨 할아버지의 아버지는 재즈 애호가였으며, 상당한 실력의 트롬본 연주자였다고 한다. 그는 한국에 오기 전에 이미 결혼해서 자식을 둘이나 두고 있었다. 그가 잭슨 할아버지에게 남겨준 것은 트롬본 하나뿐이었다. 잭슨 할아버지는 어린 시절 내내 트롬본을 만지고 놀았고, 나중에는 그것으로 음악을 연주했다.

잭슨 할아버지는 재즈가 바로 인생이라고 했다. 한 구절도 반복되지 않는 변주의 음악. 이른 아침, 아빠의 도마 소리가 멎을 때쯤이면 멀리서 희미하게 트롬본 연주 소리가 들렸다. 그 소리는 매일 새로웠고, 또 좀처럼 끝날 줄 몰랐다. 나는 그 음악이 좋았다.

4

아빠의 레스토랑은 아침식사를 위주로 해서, 매일 새벽 다섯시에 문을 열고 오후 네시에 문을 닫았다. 평일 아침에는 주로 혼자 오는 미군들이 많았다. 팔다리에 문신이 가득한 미군들은 잠에서 덜 깬 듯 멍하니 앉아 있다가 허겁지겁 음식을 먹어치웠다. 쉴새없이 손을 움직이고, 침을 삼키고, 혀로 밀고, 이로 끊고, 질겅질겅 와작와작 우물우물, 혼신의 힘을 다해 음식을 먹었다. 밥을 다 먹은 후, 그들은 땀을 닦으면서 천천히 자리에서 일어났다. 흡사 작은 전투라도 치러낸 품이었다. 그리고 남은 음료수를 챙겨서 조용히 부대로 돌아갔다. 평일에 레스토랑이 시끄러운 경우는 거의 없었다. 시장바닥 같은 주말과는 완전히 달랐다.

주말에는 미군들도 애인과 같이 아침을 먹으러 왔다. 퉁퉁 부은 맨얼굴의 클럽 언니들이 그들 옆에 있었다. 함께 아침을 먹으러 왔다면, 그들 사이에 적어도 섹스 이상의 이야기가 있다는 뜻이었다.

아침에 마주 앉은 모습을 보면 그 커플이 대강 어느 지점까지 이르 렀는지 짐작할 수 있었다. 어떤 커플은 말없이 서로의 눈을 들여다 보기만 하고, 어떤 커플은 각자 음식만 내려다보고, 또 어떤 커플은 지친 표정으로 갓난아기를 어르며 앉아 있었다.

미군들은 주말 아침마다 갈 곳이 마땅치 않아 늘 레스토랑 안에 서 뭉그적거렸다. 필리피나는 앉을 자리 없이 꽉 찬 레스토랑 안을 바람처럼 휘젓고 다녔다. 종업원인 필리피나는 필리핀의 미군 기지 촌에서 태어난 흑인 혼혈이었다. 그래서 다른 필리핀 여자들보다 키도 크고 생김새도 조금 달랐다. 다른 골목의 클럽에서 주스를 팔 다가 도망쳐나와서 아빠의 레스토랑에 들어온 필리피나는, 딱히 예 쁜 얼굴이 아닌데도 인기가 많았다. 그녀는 미군들을 적절히 격려 하고 위로할 줄 알았다. 별것 아닌 말 한마디였지만 군인들에게 필 요한 건 바로 그런 것들이었다. 그녀는 월급만큼 많은 팁을 받아가 서, 곧 주변의 누구보다 형편이 좋아졌다.

필리피나는 자신의 이름이 '필리핀의 여자'라는 뜻이라고 했지만 다른 필리핀 사람들과는 가까이 지내지 않았다. 한번은 레스토랑에 서 자꾸 돈이 없어진다는 말에 그녀 스스로 동료의 옷을 뒤져 범인 을 잡아낸 적도 있었다. 친구라곤 동거중인 미군 에드 하나뿐이었 는데, 그조차도 그가 집세를 내기 때문에 같이 사는 것이라고 공공 연하게 말하고 다녔다. 앞머리가 휑한 스무 살 청년 에드는 필리피 나가 다른 미군들과 시시덕거리는 꼴을 매일 풀이 죽어 지켜보곤 했다.

필리피나의 소원은 필리핀으로 돌아가 더이상 모르는 사람들에게 인사를 하지 않고 사는 것이었다. 하지만 전화를 걸면 그녀의 가족들은 돈타령뿐이었고, 필리핀 어디에서도 그만큼 벌 순 없다는 말만 되풀이했다. 필리피나는 월급만큼 많은 팁을 받고, 닥치는 대로 아르바이트까지 했지만 늘 돈이 없어 쩔쩔맸다. 변변한 겨울 코트 한 벌도 없어서, 에드의 군용 점퍼를 입고 다녔다. 마치 돈에 날개기 달려서, 버는 쪽쪽 필리핀으로 날아가버리는 것 같았다.

레스토랑에서 일하는 종업원들은 주말 내내 쉴 틈이 없었다. 아르바이트생들은 온종일 산더미처럼 쌓인 접시를 닦았다. 아빠는 열구 앞에서 땀을 뚝뚝 흘리면서도 긴소매 옷을 벗지 않고, 스테이크를 구웠다.

어느 일요일 아침, 필리피나가 하얗게 질린 얼굴로 내 방에 뛰어들어왔다. 그녀는 주위를 두리번거리더니 내 옷장 문을 열고, 그 안으로 엉덩이를 들이밀었다. 잠에서 막 깬 나는 필리피나를 멍하니 바라보았다.

아래층에서 아빠가 그녀의 이름을 부르는 소리가 들렸다. 순간 다리에 힘이 풀린 필리피나는 스르르 주저앉고 말았다.

"미군 헌병이 왔어!"

필리피나가 제일 무서워하는 게 바로 미군 헌병이었다. 그녀는 불법체류자인데다가, 에드를 이용해서 미제물품까지 빼돌리고 있었기 때문이다. 나는 필리피나를 커튼 뒤에 숨기고, 아래층으로 내려갔다. 아빠는 행주에 손을 닦으면서 헌병들이 하는 말을 듣고 있었다. 헌병들은 아빠에게 사진을 한 장 보여줬다. 그들은 필리피나가 아니라, 금발머리 탈영병을 찾고 있었다.

헌병들이 커피를 마시고 돌아간 뒤에, 필리피나가 부엌으로 내려왔다. 당장이라도 물방울이 뚝뚝 떨어질 것처럼 티셔츠는 땀으로 흠뻑 젖어 있었다. "선희 방이 너무 더워요." 억지로 미소짓는 필리피나의 입술이 미세하게 떨렸다.

그날 정작 큰일을 당한 사람은 알로하클럽의 욜리였다. 그녀의 약혼자였던 미군이 새벽에 본국으로 말없이 돌아가버렸던 것이다. 욜리는 타샤와 위아래 침대를 썼기 때문에 나도 잘 아는 여자였다. 서른다섯 살인 그녀는 도망친 미군과의 사이에 두 명의 아이를 두고 있었다.

클럽 숙소에 찾아갔을 때, 욜리는 마네킹처럼 벽에 기대앉아 있었다. 타샤는 그 옆에서 말없이 울기만 했다. 넋을 놓고 앉아 있던 욜리는 갑자기 자리에서 일어나더니, 혼잣말을 중얼거리면서 부대 쪽으로 달려갔다.

일단 미군이 도망갔다는 게 확실해지면, 여자 쪽에서 그를 찾을 방법은 없었다. 동료들을 만나고, 경찰에 매달리고, 수십 통 전화를 걸고, 지푸라기를 잡듯 미 국방성에 편지를 써도 소용없었다.

욜리는 한 달간 그 미군을 찾으러 다녔다. 두드릴 수 있는 문이란 문은 다 두드려보고 돌아섰을 때, 남은 것은 으스러진 두 주먹뿐이었다. 이미 클럽에서도 쫓겨나 지친 몸을 누일 방 한 칸도 없었다. 두 아이들이 길바닥에서 빤히 그녀를 바라보았다.

존 목사님이 그들을 데리고 게스트하우스로 올라왔다. 욜리의 두 아이 중 여섯 살 된 큰딸이 제 동생을 두 팔로 안고 있었다. 나는 그 애에게 누룽지맛 사탕을 줬다. 코가 둥그렇고 눈동자가 녹색인 그애는 사탕을 얌전히 주머니에 넣었다. 얼마 전까지 제 아빠 팔에 매달려 레스토랑에 드나들던 그애의 모습이 떠올랐다.

내가 아는 샬롬하우스의 아이들은 전부 그런 일을 겪었다. 골목에서 낳은 아이를 미국으로 데리고 가는 미군은 거의 드물었다. 그들은 아이들에게 미국에 대해 이야기하고, 미국을 꿈꾸게 하고, 어느 날 홀연히 자취를 감춰버렸다. 핑계도 방법도 가지각색이었다.

도망치는 그 사정도 생각해보면 딱했다. 어쨌든 그들은 모두 떠났다. 홀로 가방을 꾸려서, 여자와 아이를 이 골목에 남겨둔 채, 처음 이곳에 도착했을 때처럼, 마치 아무 일도 없었다는 듯이.

욜리는 턱거리골목에서 다시 일을 시작했다. 턱거리골목은 클럽에 소속되어 있지 않은 여자들이 미군들을 만나는 곳이었다. 내가 클럽에 드나드는 것을 내버려두는 아빠도 그 길만은 절대 지나다니지 못하게 했다.

턱거리골목에서 일하는 여자들은 수수료 없이 돈을 챙기는 대신, 맨몸으로 일을 해야 했다. 그곳에는 여자들을 보호해줄 안전장치가 없었다. 가끔 골목 끝에서 여자들이 죽은 채로 발견됐다. 클럽에서 일을 못 할 만큼 나이가 많거나, 급하게 돈이 필요한 여자들만 그 골목에서 미군을 만났다. 그 길에서 일한다는 것은 더이상 자기 인생에 기대할 게 없다는 뜻이었다.

존 목사님은 욜리에게 급료가 적더라도 안전한 일을 소개해주려고 했지만, 그녀는 매번 고개를 가로저었다. 설득이 계속되자 영 불편했는지, 욜리는 곧 쪽방을 하나 얻어 게스트하우스에서 나가버렸다. 그녀는 매일 저녁, 아이들에게 손을 흔들고 턱거리골목 쪽으로 걸어갔다. 아빠는 나를 시켜서 그 집 아이들에게 먹을거리를 가져다주었다.

언젠가 나는 이른 아침에 골목으로 돌아오는 욜리와 마주친 적이 있다. 그녀는 굽이 십 센티미터가 넘는 하이힐을 질질 끌고, 고개를 숙인 채 걸어오고 있었다. 뒤로 올린 머리채는 납작하게 짓눌려 있었고, 마스카라는 우스꽝스럽게 번져 있었다. 그녀를 지나쳐갈 때 들큼한 냄새가 났다. 나는 재빨리 고개를 숙였다. 모르는 척하는 것 말고 내가 그녀를 위해 해줄 수 있는 일이 없었다.

천식 소동이 끝난 뒤에도 나는 여러 번 제멋대로 수업을 빼먹었다. 이라이저 선생님은 나를 '포기했다'고 말했다. 나는 '포기'라는 말에 대해서 곰곰이 생각해보았다.

아빠도 나를 포기한 것일까.

사실, 아빠는 나뿐만 아니라 삶의 모든 부분들을 포기한 사람 같았다. 아빠는 식사시간에도 타거나 식어버린 음식을 부엌에서 혼자 먹었다. 만나는 친구도 없었고, 휴일도 없었다. 취미라고는 책 읽는 게 전부였다. 아빠의 삶은 모래로 그린 그림 같았다. 하루를 다 그리고 나면 바람에 날아가버리고, 다시 그리면 또 날아가버리는 모래그림.

나는 뭔가 단단한 것, 허물어지지 않는 것, 하루하루 자라나는 것을 찾아서 미세스 정의 텃밭에 가곤 했다. 흙 묻은 작업복에 고무장화를 신은 미세스 정을 만나면 마음속에 작은 바람이 이는 것 같았다.

미세스 정은 매일매일 밭에서 풀을 뺐다. 제초제를 뿌리지 않아서, 그녀의 밭에서는 사철 내내 잡초가 자랐다. 쉴 틈 없이 호미를 휘둘러대도, 잡초는 맹렬한 기세로 다시 돋아났다. 비가 온 뒤에는 특히 더 심했다.

"요즘 집은 어떠니?"

강아지풀이 무성하게 자란 덩굴장미 옆에서 미세스 정이 내게 물었다. 집이라고 하지만, 사실 그건 아빠에 대해 묻는 말이었다. 미세스 정은 늘 아빠에 대해 걱정이 많았다.

"매일 똑같아요. 아빠는 게스트하우스랑 레스토랑만 왔다갔다해요. 참, 지난주에 율리가 방에서 나갔어요."

턱거리골목이라는 말에 미세스 정은 조용히 머릿수건을 내려 땀을 닦았다.

"클럽 안의 여자들은 언젠가 다 그곳으로 가게 돼. 누가 먼저이고 누가 나중인가의 차이일 뿐이지."

그녀는 조용히 말했다.

"처음에는 아무도 그런 생각을 하지 않지. 모두 '잠깐'이라고 생각해. 오래전부터 그랬어. 아주 오래전부터."

미세스 정은 허리를 숙이고 손으로 흙을 다졌다.

"우리 골목에도 매주 한 무리의 여자애들이 새로 들어오던 때가 있었단다. 열여섯 살도 안 된 애들이 소문을 듣고 찾아오곤 했어."

"소문이요?"

"달러 말이야. 이 동네는 개도 달러를 물고 다닌다고 했거든. 직업소개소에 속아 온 여자들도 많았어. 그래도 일단 들어오면 다시 돌아나가는 경우가 없었지. 왜 그랬을까…… 그때는 이곳에 일단 발을 들여놓으면 절대로 돌이킬 수 없다고 생각했던 것 같아."

미세스 정은 잠시 이야기를 멈추고 과거를 짚어보듯 내 얼굴을 바라보았다. 그녀는 옛날이야기를 할 때마다 늘, 뭔가를 재보듯 나를 들여다보았다. 그리고 말없이 묻는 것이었다. 우리는 친구지?

미세스 정은 오래전에 이 골목의 클럽에서 일했다. 그녀가 스물몇 살이던 때—미세스 정에게도 그런 시절이 있었다는 게, 이해는 돼도 상상은 잘 되지 않는다. 그때 미세스 정의 머리카락은 숱 많은 검정색이었을 것이고, 새하얀 얼굴에는 주름살이 하나도 없었을 것이다. 그런 생각을 하면 왠지 마음이 아프다. 아름다운 것을 떠올리는데 왜 마음이 아픈 것일까.

미세스 정은 원래 이 동네 토박이였다. 그녀가 클럽에 들어온 것은 가족의 빚 때문이었다. 미군부대가 들어선 이후 우후죽순 생겨난 클럽에서 아가씨들을 구할 속셈으로 융통해준 빚에 걸려들었던 것이다. 빚을 갚을 능력이 없었던 그녀는 사람들에게 이끌려 골목으로 들어왔다. 골목의 밤은 지금껏 그녀가 보아온 어떤 밤보다 화려하고 시끄러웠다. 미군들은 거인처럼 커다랬고, 알아들을 수 없는 말을 떠들어댔다. 미세스 정은 자신의 인생이 완전히 다른 것으로 바뀌어버렸다는 사실을 깨달았다.

매일 아침 여자들은 짙은 화장을 하고 트럭에 올랐다. 일을 하러 안 가냐는 사장의 말에 둘째 날에는 그녀도 엉거주춤 그들을 따라나섰다. 군용 트럭에 스무 명가량의 여자들이 앉아 있었다. 초기에는 여자들을 부대 안으로 배달하는 서비스가 있었다고 했다.

여자들이 도착한 곳은 커튼으로 칸을 나눈 막사 같은 곳이었다.

미세스 정은 침대맡에 앉아 막연히 어머니 생각을 했다. 그곳에서 그녀는 다음날 새벽까지 미군들을 상대했다. 해가 떠오르는 새벽빛에 달러를 세고, 다른 여자들과 함께 다시 트럭에 올랐다. 심하게 몸을 떠는 그녀를 옆의 여자가 단단히 붙잡아주었다.

골목에서 나고 자란 내게 미군들과 여자들 사이의 이야기는 그다지 새로운 것이 아니었다. 하지만 미세스 정의 이야기는 늘 나의 마음을 괴롭혔다. 그것이 내게 몇 가지 사실을 생각하게 했기 때문이다. 지금은 외국 여자들이 가득한 이곳에 한국 여자들이 있었다는 사실, 그리고 그중에는 엄마도 있었다는 사실.

5

숲에서는 늘 선선한 바람이 불었다. 나는 멀리서부터 쉬지 않고 그 길을 내달리곤 했다. 내가 지나갈 때마다 나무에 앉은 새들이 퍼덕거리며 날아갔다. 무덤은 언제나 그 모습 그대로였다. 그런데도 발걸음을 멈출 수가 없었다. 나는 매일 숨이 터지도록 그곳을 향해 달려갔다.

오늘은 오늘은 즐거운 날
오늘은 오늘은 신나는 날
어머니 말씀을 잘 들었더니
이렇게 맛있는 과자를 주셨네
랄라라 랄라라 랄라라 랄라라

무덤에서 노래를 부르면 기분이 좋아졌다. 어떤 노래를 불러도 마찬가지였다. 슬픈 노래건 즐거운 노래건 언제나 하얗고 몽글몽글한 느낌이 일었다. 엄마는 까다롭지 않은 사람이었던 게 분명했다.

엄마가 예전에 클럽걸이었다는 사실을 말해준 사람은 돌아가신 할아버지였다. 할아버지는 단단하고 무뚝뚝한 사람이었다. 자신이 인정한 세상만 보고, 그 안에서만 살아가는 사람. 젊었을 때는 가까운 사람들도 쉽게 다가가지 못할 정도로 서슬이 퍼렜다고 하는데, 내 기억 속에는 두세 걸음도 걷지 못해 숨을 몰아쉬던 병자의 모습으로만 남아 있다.

할아버지는 아빠가 불행해진 게 전부 엄마 때문이라고 했다. 아빠의 손과 팔에 입은 화상도 목숨을 걸고 엄마를 구하다가 생긴 것이었다. 당시 엄마는 동료들과 함께 살고 있었는데, 어느 날 그 건물에 불이 났다. 아빠는 불길에 휩싸인 건물의 문을 부수고 들어가서 엄마를 데리고 나왔다. 두 사람이 나오자마자 천장이 무너지면서, 다른 여자들은 전부 목숨을 잃었다. 엄마는 한 군데도 다치지 않았지만, 아빠의 왼팔과 왼손은 화상을 입어 붉게 일그러져버렸다. 엄마를 달가워하지 않던 할아버지도 그걸 보고 하는 수 없이 두 손을 들어버렸다고 한다. 화재사건으로 유명해진 두 사람의 결혼 소식은 지역신문에도 실렸다. 하지만 엄마는 결혼한 지 얼마 되지도 않아, 사고로 죽어버렸다.

말년의 할아버지는 술을 너무 많이 마셨다. 술이라면 흐르는 강물만큼이라도 다 들이켤 정도였다. 젊었을 때부터 조금씩 마신 것이 목 끝까지 차오를 지경이 된 것이다. 할아버지는 80년대 디스코 스타처럼, 볼록 튀어나온 허리 주머니를 차고 다녔다. 그 안에 술병과

돈주머니가 있었다. 할아버지는 밤에 잘 때도 그것을 풀지 않았다.

아빠가 새벽에 레스토랑으로 나가면, 우리는 단둘이 빈집을 지켰다. 할아버지는 손을 덜덜 떨면서 우유를 마시고, 하루에도 수백 번씩 코를 풀었다. 그는 순한 말 같은 눈으로 나를 바라보았다.

"네가 그 사람을 닮았구나."

가래 섞인 탁한 음성으로 그가 말했다.

"네 아비도 그걸 알았는지 모르겠다."

알아들을 수 없는 말을 하면서, 할아버지는 연신 눈을 깜빡거렸다.

할아버지는 창가로 나를 불러서, 덜덜 떨리는 손끝으로 길 건너편을 가리켜 보였다. 허리케인클럽의 네온사인이 번쩍거렸다.

"저기 네 엄마가 있었다. 네 아버지가 그애를 불길에서 구해왔을 때, 나는 결국 일이 이렇게 될 거라고 말했지. 그애 눈빛이, 그랬어. 살고 싶은 마음이라고는 조금도 없는 눈이었다. 결국 내 말이 맞았지."

바람 속의 촛불처럼 할아버지의 목소리가 잦아들었다.

"네 아비는 저 자신한테 속은 거야."

나는 할아버지의 이야기를 이해할 수 없었다. 하지만 잊어버리지 않으려고 그 이야기를 손안에 꽉 쥐었다. 시간이 흐르면서, 손끝에서 싹이 트기 시작했다. 그곳에 의미들이 매달렸다.

엄마는 골목의 클럽걸이었다.

그것은 지금 내가 날마다 보는 풍경 속에 엄마가 있었다는 뜻이었다. 하루에 주스를 스무 잔씩 마시는 언니들, 미군들의 팔에 매달리는 언니들, 옷을 벗고, 춤을 추고, 울면서 자는 언니들. 그 풍경 한가운데.

그런 생각을 하면 목이 꽉 막혀서, 무덤 앞에서도 노래를 부를 수 없었다. 찾아오는 이가 하나도 없는 그 버려진 무덤들 사이에서, 나는 가만히 몸을 웅크리고 햇볕을 쬐곤 했다. 수풀이 무성한 묘지에 좁은 틈을 두고 다닥다닥 붙어 있는 부덤이 마치 서로 손을 잡고 있는 것처럼 보였다. 오후의 공동묘지는 늘 정적에 휩싸여 있었고, 마른 낙엽의 냄새가 났다.

골목의 아이들은 공동묘지에 얽힌 무서운 이야기를 수도 없이 많이 알고 있었다. 큰 비에 땅 위로 드러난 관을 봤다는 애도 있었고, 유골이나 머리카락을 봤다는 애도 있었다.

나는 학교에서 도망쳐나올 때마다 공동묘지로 숨어들곤 했다. 그곳에는 쓰러진 나무가 많아서, 그 뒤에 숨으면 아무도 나를 찾지 못했다. 시간이 지날수록 사람들의 발길은 더욱 뜸해졌다.

미세스 정의 이야기에 따르면, 마을에 공동묘지가 생긴 것은 미군부대가 들어온 직후라고 한다. 차 한 대 지나다니지 않던 촌락에 미군부대가 들어오면서 떠돌이들이 몰려들기 시작했다. 이국에서 날아드는 새들처럼, 매일 새로운 사람들이 모여들었다. 문제는 이들이 너무 많이, 빠르게 죽어나갔다는 것이다. 60, 70년대, 이 공동묘지는 무덤들로 발 디딜 틈이 없었다고 한다.

그 땅 밑을 생각하면 거대한 혼탕이 떠올랐다. 갓난아기부터 꼬부랑 할머니까지 갖은 사연을 가진 사람들이 어깨를 부딪히며, 언니, 오빠, 아줌마, 아저씨, 팔도의 사투리가 왕왕 울리는 목욕탕을 떠올리면 조금도 무섭지 않았다. 그들 중 누군가 내게 말을 걸어온다 한들 나는 놀라지 않았으리라.

그 시절 나는 무슨 일이든 일어나기를 애타게 기다리고 있었다. 하지만 무덤가에는 오직 흙과 풀뿐이었다. 나는 그 고요 속으로 자주 숨어들었다.

6

미군들은 큰일을 앞두고 늘 게릴라 훈련을 떠났다. 그해 가을, 유난히 미군들의 훈련이 잦아지자, 미군기지가 곧 이곳을 떠난다는 소문이 돌았다. 미군 측에서는 논의중인 안건일 뿐이라고 했지만, 결국 그 안건이 승인됐다는 기사가 공식화되었다. 어른들은 발을 동동 굴렀다. 당장 내년의 일이 될 수도, 십 년 후가 될 수도 있었다. 확실한 것은 아무것도 없었다.

골목 안에 먼지가 날아들기 시작한 것이 그즈음이었다. 공기가 뿌옇게 변해서 앞이 잘 보이지 않았다. 부대에서 자꾸만 먼지가 날아들었다. 처음에는 안개가 낀 것인 줄 알았다. 그런데 점차 기침이 나고, 얼굴을 쓱 문지르면 거무죽죽한 것이 묻어나왔다. 아빠의 레스토랑에 오는 단골 미군이 전하는 말로는 부대 안에서 뭔가를 소각시키고 있나고 했다. 미군부대 쪽에서 날아오는 그 먼지가루의 정체가 무엇인지 아무도 몰랐다. 골목에 나오는 미군들은 마스크를 쓰고 있었다.

크리스마스 연휴가 다가오면 미군들은 한 사람도 남김없이 부대 밖으로 쏟아져나왔다. 아빠는 순서를 기다리는 사람들을 위해 레스토랑 밖에도 작은 난로를 두었다. 타샤는 그 난로에 손을 쬐다가 두번째 남편 케빈을 만났다. 당시 타샤는 한국계 미군이었던 '철수씨'와 이혼수속중이었다. 전남편이 미국으로 가면서 일방적으로 연락을 끊어버렸기 때문에, 그녀 혼자 서류뭉치를 들고 법률사무소를 드나들었다. 마침내 모든 법적 절차가 끝났을 무렵 타샤는 금전적으로도 육체적으로도 밑바닥에 닿은 상태였다. 그리고 눕자마자 곧장 다시 일어나는 오뚝이처럼 케빈과 사랑에 빠져버렸다.

'사랑'은 클럽 주인들이 제일 두려워하는 것이었다. 누군가를 사랑하게 되면 계산을 할 수 없게 되고, 그러면 장사는 끝장이기 때문이다. 사랑에 빠진 미군은 다른 여자에게 주스를 사주지 않고, 사랑에 빠진 여자는 다른 미군하고 시간을 보내지 않는다. 이런 일들이 두세 건만 일어나도 클럽 사장은 수입에 크게 타격을 입었다.

그녀는 케빈이 클럽에 놀러 오면 다른 미군은 쳐다보지도 않았다. 최소한의 주스 할당량을 채우지 못하는 날들이 늘어났고, 급기야 자기 돈으로 주스를 사먹는 날도 있었다. 그렇게 고생을 하고도 또다시 사랑에 빠지다니, 기가 막혔다.

"모르겠어. 사랑이 아닐지도 모르지."

타샤는 가볍게 말했다.

"하지만 아무도 없는 것보다는 이게 나아. 이마저도 없다면 이곳 생활은 지옥이나 다름없어."

타샤는 쉽게 사랑에 빠졌고, 매번 자기 자신이 사라질 때까지 밀어붙였다. '사랑할 기회'가 아니라 '사랑하다 죽을 기회'를 엿보고 있는 사람 같았다.

나는 케빈을 좋아하지 않았다. 타샤가 나를 소개했을 때 그가 들은 체 만 체 타샤의 목덜미에 입술을 문질러댔기 때문도 아니고, 그가 내 이름을 기억하지 못하기 때문도 아니었다. 네가 그를 믿을 수 없는 이유는, 그가 러시아 음식을 진저리나게 싫어했기 때문이다.

타샤는 가끔 친구들과 러시아 음식을 만들어 먹곤 했는데, 케빈과 사귀면서부터는 일절 요리를 하지 못했다. 그가 그 냄새마저도 견딜 수 없다고 했기 때문이다. 대신 그는 타샤를 아빠의 레스토랑으로 데리고 와서, 줄기차게 스테이크만 시켜 먹었다. 타샤는 멍청한 얼굴로 케빈의 옆구리에 붙어 싱글거리고만 있었다. 애인의 고향 음식을 피하는 미군들은 신뢰할 수가 없다. 그들은 애인을 결국 불행하게 만든다. 골목 안의 풍경에 조금만 관심을 가져도 알 수 있는 일이었다.

미카네 엄마는 한 달에 한 번씩 검보수프를 만들어서 토니 아저씨의 동료들에게 대접했다. 채소와 고기를 넣고 걸쭉하게 끓이는 검보수프는 흑인들의 전통음식인데, 무엇보다 감칠맛 나는 양념이 중요했다. 아줌마는 검보수프를 끓이기 시작한 지 사 년 만에야 비로소 그 맛을 비슷하게 흉내낼 수 있었다고 한다. 수프를 끓이는 날이면 그 집 밖으로 길게, 신발들이 늘어섰다. 모두 토니 아저씨의 흑인 친구들이었다.

토니 아저씨는 골목 안에서 제일 유쾌한 미국인이었다. 미군으로 이 골목에 들어온 아저씨는 부대 내 현지 직원이던 한국 여자와 사랑에 빠졌고, 곧 그녀와 결혼해서 미카를 낳았다. 아저씨는 뉴올리언스 출신이었다. 나는 그 도시의 안개와 유령, 루이 암스트롱에 대해서 질리도록 들었다.

카트리나가 불어닥쳤을 때, 아저씨는 하루 종일 눈물을 흘리며 텔레비전을 들여다보았다. 무너진 축대, 물에 잠긴 다리, 반토막난 집, 포대자루에 둘둘 말린 사람들의 시신이 화면 앞에 번쩍이며 명멸했다. 비현실적인 정도로 끔찍한 풍경이었다.

토니 아저씨는 뉴올리언스 인구의 칠십 퍼센트가 흑인이라고 했다.

"그게 무슨 뜻인지 아니?"

"아니요!"

미카와 나는 쌍둥이처럼 고함을 질렀다.

"온 땅이 다 뒤집어져도, 국가로부터 아무 도움을 받을 수 없다는 뜻이란다."

토니 아저씨는 태풍으로 친한 고향 친구들을 전부 잃었다. 가까스로 살아남은 아저씨의 가족들은 자동차에서 살아가고 있었다. 아저씨는 다시는 미국에 돌아가지 않을 거라고 했다. 뉴올리언스에겐 안됐지만, 나에게는 다행한 일이었다. 미카와 평생 헤어지지 않아도 될 테니까.

미카는 우리 골목에서 희귀하다고 할 수 있는 '행복한 가정'에서 태어났지만, 어렸을 때부터 몸이 약했다. 늘 방에 누워만 있었기 때문에, 친구들도 사귀지 못했다. 미카는 키가 작고 가무잡잡해서, 또

래들보다 한참 어려 보였다. 나는 미카를 뒤쫓아다니며 운동화 끈을 묶어주고, 손을 뻗어 높은 데 있는 물건들을 내려주었다. 다른 애들은 날더러 미카 엄마라고 놀렸지만, 그러든지 말든지 우리는 손을 꼭 잡고 다녔다.

미카는 의사의 권유로 초등학교에 들어간 그해부터 수영을 시작했다. 수영복 팬티를 입고 탈의실을 나서자 사람들이 전부 미카의 초콜릿색 살결을 빤히 바라보았다. 미카는 재빨리 물속 깊숙이 들어가 몸을 숨겼다. 팔다리에 휘감기는 물살이 부드럽고 매끄러웠다.

미카는 수영장에 가는 것을 좋아했다. 코치에게 지도를 받으면서 기록도 눈에 띄게 좋아졌다. 그러면서 거짓말처럼 키가 자라기 시작했다. 열 살이 되던 해에 미카는 나보다 머리 하나가 더 커졌고, 어깨도 점점 벌어지기 시작했다.

수영을 시작한 지 삼 년 만에 미카는 주변에서 제일 좋은 성적을 내는 선수가 됐다. 더이상 내 아기라고 놀림받는 일도 없었다. 그런데도 미카는 예전보다 더 우울해 보일 때가 많았다. 나는 그 이유를 알 수 없었다.

미군들은 한 달에 두 번 급여를 받는데, 그때마다 미카와 나는 골목 안 여기저기를 돌아다니며 아이스크림을 얻어먹곤 했다. 미카는 특히 여군들의 귀여움을 독차지했다. 둘이 같이 채플린 수염을 붙이고 나갔을 때는, 이가 시려서 더 먹을 수 없을 정도로 아이스크림이 쌓였다. 그런데 어느 날, 미카가 더이상 골목에 나가지 않겠다고 선언하듯 말했다. 왜 그러냐고 물어도, 미카는 아무 대답 없이 침대에 누워 이불을 뒤집어썼다.

나는 혼자 수염을 붙이고 중국음식점 앞에서 부루퉁한 표정으로 앉아 있었다. 종업원인 진 언니가 미카는 어디 있냐고 물었다. 테이블마다 미군이 가득해서 말소리가 잘 들리지 않았다. 사방에서 호출 벨소리가 울리는데, 진 언니 혼자서 주문을 받아 서빙까지 하고 있었다. 주방에서 그릇이 파도처럼 밀려나왔다. 보고만 있어도 머리가 핑핑 돌았다.

미군들의 급여날이면 모든 음식점과 클럽이 연장영업을 했다. 덕분에 고생을 하는 것은 외국인 종업원들이었다. 그들은 대개 불법체류자들이라 불평할 처지가 못 됐다. 중국음식점에는 원래 진 언니가 아닌 링링 언니가 있었다. 불법체류자였던 링링 언니는 이곳에서 일하는 오 개월 동안 한 번도 월급을 받지 못했다. 달리 하소연할 데가 없었던 그녀는 사장이 자신에게 삼백만원을 빚졌다며 골목 안 여기저기에 떠들어대고 다녔다. 소문을 전해들은 사장은 곧장 어딘가로 전화를 걸었다. 자기가 '실수로' 불법체류자를 고용했다는 신고전화였다.

그날 오후, 링링 언니는 가게 안으로 들어온 경찰과 눈이 마주쳤다. 직감적으로 상황을 판단한 그녀는 재빨리 뒤돌아 달리기 시작했다. 가게의 함석지붕 위로 올라간 링링 언니는 앞니를 드러내고 울었다. 아직 한국을 떠날 수 없다며 소리를 질렀다. 그러나 잠시 후 어깨를 축 늘어뜨린 언니는 경찰차에 올랐다. 그날 그 소란을 본 필리피나는 두려움에 며칠간 레스토랑 밖으로는 한 발짝도 나오지 않았다. 링링 언니가 떠난 지 하루도 지나지 않아 진 언니가 가게에 새로 들어왔다.

멀리서 와르르 그릇 떨어지는 소리가 들렸다. 진 언니가 한꺼번에 쟁반 세 개를 나르다가 넘어진 것이었다. 사장이 달려와서 바닥을 가리키며 호통을 쳤다. 어차피 그 집 자장면은 맛도 거지 같은데, 땅에 떨어졌다고 별다를 게 있을까마는.

날씨가 추워지자 미세스 정은 밭을 갈무리하고 씨앗을 빚었다. 그녀는 겨우내 여왕처럼 지냈다. 마음이 내킬 때까지 자고 일어나서 느릿느릿 음식을 만들어 먹고, 종일 라디오를 들으며 뜨개질을 했다. 미세스 정은 긴 바늘을 들고 레이스, 아기 양말, 스웨터를 짜냈다. 나는 미세스 정이 만들어준 색색깔의 털실옷을 입고 다녔다. 스웨터 색깔에 맞춘 목도리와 장갑까지 따로 있었다.

그해의 마지막 날, 온종일 눈이 날렸다. 레스토랑 구석에서 연인들이 얼굴을 맞대고 있었고, 유니폼을 입은 부대 기술자들은 창밖을 보면서 맥주를 마시고 있었다. 어딘지 휑한 느낌이 드는 아침이었다. 라디오에서 〈테네시 왈츠〉가 흘러나왔다. 빨간색 털모자를 쓴 흑인 여자가 커피를 마시다가 허밍으로 노래를 따라 불렀다. 바깥을 내다보고 있던 아빠가 갑자기 자리에서 일어났다.

머리에 하얗게 눈을 얹은 미세스 정이 레스토랑 밖에 서 있었다.

아빠는 뻣뻣한 자세로 미세스 정을 맞았다. 그녀가 이런 시간에 레스토랑에 찾아온 건 처음 있는 일이었다. 미세스 정은 불안한 듯 나를 돌아보았다. 나는 영문도 모른 채 벙긋 미소지었다.

미세스 정은 숨을 내쉬고, 무겁게 입을 열었다.

"저…… 부탁할 게 있어서 왔어요."

미세스 정은 주머니에서 꼬깃꼬깃한 종이를 꺼내 펼쳤다. 여기저기 빨간 도장이 찍힌 토지문서였다.

"저기…… 이건 내 텃밭…… 근처에 있는 땅인데……"

미세스 정은 식은땀을 흘리는 것처럼 보였다.

"여기…… 집을 지으려고 해요."

아빠는 말없이 문서를 들여다보았다.

"공동주택이라고 할까…… 갈 데 없는 사람들이 모여 살 수 있는…… 그게 여기 돌아올 때부터 꿈이었거든요."

"네."

아빠는 무심하게 고개를 끄덕였다.

"도움을…… 좀 얻을 수 있을까요."

미세스 정은 떨리는 목소리로 물었다.

"도대체…… 어디서부터 뭘 어떻게 시작해야 할지 모르겠어요. 이 골목에서 믿고 맡길 사람이 선희 아빠밖에 없어서……"

아빠는 아무 말 없이 미세스 정의 얼굴을 바라보았다. 시선을 먼저 피한 사람은 미세스 정이었다. 아빠는 나지막한 목소리로 말했다.

"도와드리지 못해서 죄송합니다."

미세스 정은 주름이 가득한 손을 내저으며 아니, 아니에요, 라고 말했다. 그리고 한순간 아빠의 왼팔을 바라보았다.

창밖에서 아직 떼어내지 않은 크리스마스 장식이 번쩍거렸다. 아빠의 차가운 태도에 미세스 정은 더 말을 붙이지 못하고 그만 발길을 돌렸다.

아빠는 그날 저녁을 먹자마자 방에 들어가서 나오지 않았다. 거실은 조용했다. 분명 침대에서 안경을 끼고 두꺼운 책이나 읽고 있을 것이었다. 거실의 괘종시계가 여덟 번 울렸을 때, 아빠가 현관문을 나서는 소리가 들렸다.

창밖으로 골목을 빠져나가는 아빠가 보였다. 아빠는 가로등 하나 없는 캄캄한 길로 올라가고 있었다. 숲으로 향하는 길이었다. 아빠는 그날 밤이 깊도록 집에 돌아오지 않았다. 나는 열한시가 될 때까지 아빠를 기다리다가, 따뜻한 우유를 마시고 눈을 감았다.

할아버지가 돌아가신 직후 나는 한동안 악몽 때문에 잠을 이루지 못했다. 땀에 흠뻑 젖어 잠에서 깨면, 아빠의 방으로 달려갔다. 그때마다 아빠는 내게 따뜻한 우유를 먹였다.

"두려워하지 마. 꿈은 너를 기록한 책 같은 거야."

침대에 누운 나를 내려다보면서, 아빠가 말했다.

"책을 읽다가 어느 순간 그게 네 이야기라는 걸 깨닫게 되면 아주 무서워지곤 하지. 그래도 책을 덮어버려서는 안 돼."

아빠의 목소리가 어둠 속에서 낮게 울렸다.

"이야기가 다 끝날 때까지 책을 덮어버려서는 안 돼."

그 겨울이 다 지나도록 골목에는 아무 변화가 없었다. 봄이 오면 미군들이 하나둘 골목을 떠나기 시작할 거라고, 아빠가 말했다.

7

12월과 1월은 골목의 황금기였다. 이 시기에 미군들은 단축근무를 하는데다, 크리스마스 연휴, 새해 연휴까지 더해 날마다 휴일이었다. 부대에서 쏟아져나온 사람들로 골목길이 비좁았다.

다들 놀러 다니느라 바쁜 이때에, 에드는 필리피나를 돕는다고 새벽부터 레스토랑에 나왔다. 대머리 미군이 온종일 앞치마를 입고 돌아다니는 모습이 영 볼썽사나웠다. 하지만 내가 에드라고 해도 두 달 내내 혼자 지내느니, 애인과 같이 쉴 틈 없이 일하는 쪽을 택했을 것이다.

레스토랑의 단골손님인 장교 아저씨는 크리스마스에도, 새해 첫날에도 혼자 와서 밥을 먹었다. 아저씨는 흰곰처럼 하얀 피부에 몸집이 정말 컸다. 의자에 간신히 엉덩이를 '끼워넣을' 정도였다. 장교 아저씨는 미국에 부인과 딸을 두고 와서, 삼 년째 혼자 지내고 있었다. 하나뿐인 딸이 나와 같은 나이라고 했다. 아저씨는 매일 식사를 마치고 맥주 두 병을 조금씩 나누어 마시며, 사진 속의 깜찍한 여자애를 바라보았다.

1월 1일 아침, 아저씨는 식당을 나서기 전에 나를 불러 리본으로 묶은 상자를 줬다. 모피코트를 입은 바비인형이었다. 딸에게도 똑같은 선물을 보냈다고 했다. 나는 고개를 꾸벅 숙였다.

"이게 뭐야?"

아저씨가 나간 뒤 쪼르르 달려온 필리피나가 물었다. 나는 골목으로 사라지는 장교 아저씨의 뒷모습을 보면서 한숨을 내쉬었다. 아저씨의 딸도 나와 같은 열두 살이라면, 인형놀이 따위는 그만둔지 오래일 것이다.

새해가 되자 세상이 좀 다른 무게로 느껴졌다. 우리 반 애들은 여전히 나를 놀려댔지만(내가 무슨 옷을 입건 그게 그애들과 대체 무슨 상관일까?) 그런 것에도 더이상 신경쓰이지 않았다. 한때 내가 그런 애들 앞에서 천식환자 흉내를 냈다니! 왠지 모든 게 시들해진 느낌이었다.

미카는 매일 책상 위에 고개를 묻고 엎드려 있었다. 얼마 전 소년체전 지역 예선에서 떨어진 이후 미카는 계속 기운이 없었다. 토니 아저씨 말로는 이번이 벌써 세번째라고 했다. 미카는 늘 경기에서 제일 높은 기록을 세웠지만, 어이없는 실점이나 감점으로 낙선하고 말았다. 코치는 자기도 괴롭다는 듯 말끝을 흐렸다. "아무래도 우리 지역이 지역이니만큼……" 지역 협회에서 외국인처럼 생긴 대표선수를 원치 않았던 것이다.

말도 안 되는 이야기지만, 현실에선 늘 그런 일들이 일어나는 법이다. 마지막으로 소년체전 지역 예선에서 미끄러진 후, 미카는 더 이상 수영장에 가지 않았다. 그리고 집에서도 학교에서도 내내 엎드려 있기만 했다. 미카는 누구와도 말을 하지 않았다.

아빠의 예상대로 그해 봄에 미군기지 폐쇄명령이 떨어졌다. 기지 전체가 남쪽의 시골로 이동한다고 했다. 골목 사람들은 전부 가게 문을 닫고 미군기지 이전 반대시위에 나갔다. 골목 전체가 혼란에 빠져 있는데, 아빠만은 아무렇지 않게 일을 계속했다. 다섯시쯤 레스토랑을 정리하고 올라온 아빠는 저녁을 준비했다. 도마에 칼이 부딪히는 소리가 들렸다.

"아빠, 미군들이 떠나면 우리 동네는 다 망하는 건가요?"

"아니."

싱크대 앞에 선 아빠는 나를 돌아보고 말했다.

"하지만 다들 그렇게 생각하고 있을 거다."

아빠의 말투는 너무 담담해서, 미군부대가 떠나든 말든 별 상관이 없는 사람 같았다. 하지만 레스토랑 손님은 거의 다 미군들이었다. 그들이 사라지면, 레스토랑도 사라지는 것이다. 그렇다면 우리도 떠나야 하는 걸까? 엄마는 여기에 두고? 생각이 복잡해서 머릿속이 지끈거렸다.

나는 미군들을 붙잡아두고 싶은 마음으로, 몰래 공짜 음료수도 가져다주고, 혼자 밥 먹는 미군들이 있으면 옆에서 말을 시켰다. 괜히 주위를 얼쩡거리면서 눈만 마주치면 벙긋벙긋 웃기도 했다. 하지만 이런 식으로는 아무 소용도 없다는 걸 잘 알았다. 존 목사님이 모든 것의 배후에 정치가 있다고 하지 않았던가. 나는 고민 끝에 힐러리 여사에게 편지를 쓰기로 했다. 백악관을 드나드는 사람 중에 말이 통할 사람은 힐러리 여사밖에 없었다.

친애하는 힐러리 여사님.

저는 한국에 사는 이선희라고 합니다. 올해 열두 살이 되었고, 취미는 요가와 명상, 동물 훈련입니다. 저희 집은 미군부대에서 부척 가까운 거리에 있습니다. 전속력으로 달려가면 아마 십 분밖에 걸리지 않을걸요?

아버지는 미군들이 맛있는 아침을 먹을 수 있도록 매일 새벽에 일어나서 레스토랑 문을 엽니다. 우리 골목에서 아빠의 오믈렛을 먹어보지 않은 미군은 거의 없을 정도예요. 어렸을 때 저는 누구나 미군들이랑 같이 살아가는 줄 알았습니다. 알고 보니까 미군들이 우리 골목에 온 이유는 북한 때문이더군요. 북한은 우리 골목에서 아주 가깝다고 하는데, 저는 그 사람들을 한 번도 본 적이 없어요. 가족끼리 싸우다보면 정말 꼴도 보기 싫어지는 때가 있는데, 북한과 우리가 그런 경우 아닌가 싶어요. 아무튼 미국에서 한국까지, 이 먼 거리를 오랫동안 오고간 미군들에게는 정말 수고가 많다는 말을 하고 싶습니다. 종종 성격이 삐뚤어진 경우도 없지 않지만, 그들은 대부분 아주 친절한 사람들인 것 같아요.

우리는 자그마치 사십 년 동안 좁은 골목에서 미군들과 함께 지냈습니다. 이곳에 와보시면, 이 말을 실감할 수 있을 거예요. 우리 동네에선 한국말은 못해도, 영어는 꼭 할 줄 알아야 해요. 간판도, 메뉴판도, 표지판도 전부 영어로 되어 있거든요. 다시 말하면, 이 골목의 주인은 미군들이라는 뜻입니다. 그러니까 미군들이 다른 동네로 떠난다고 했을 때, 사람들이 얼마나 놀랐을지 상상이 되시죠? 솔직히 남쪽 동네 사람들도 별로 환영하고 있지 않는 것 같은데, 어째서 남쪽으로 가려고 하는지 저는 이해가 잘 안 됩니다. 그곳에 가면 우리 북한과도 더 멀어지는 게 아닌가요? 게다가 이곳에는 수많은 미군 커플들이 있답니다. 그들을 멀리 떨어뜨리는 게 과연 옳은 결정인지 생각해보세요. 사랑이 얼마나 변하기 쉬운 감정인지 여사님이 누구보다 잘 아시잖아요.

친애의 의미로 제가 직접 접은 종이학을 보내드립니다. 새하얀 학은 한국의 상징이자, 평화의 상징이거든요. 여기까지 읽어주셨다면, 제 마음이 다 전해졌으리라 생각합니다. 부디 지혜를 빌며, 안녕히.

추신 : 방한했을 때 입은 빨간 재킷 정말 멋있었어요.

편지를 쓰고 나니, 마음이 좀 놓였다. 필리피나는 편지가 백악관은커녕 미국으로나 들어갈 수 있겠냐고 비웃었지만, 상관하지 않았다. 아무것도 하지 않는 것보다는 바보 같은 짓이라도 시도하는 게 나으니까.

미군기지 폐쇄명령이 떨어진 이후, 부대 안에서 중장비들이 빠져나오기 시작했다. 합동훈련 때에나 보던 탱크, 사격포 들이 기지에서 흘러나왔다. 사람들은 팔짱을 끼고 서서, 망연히 그 풍경을 지켜보았다. 이들이 떠날 거라는 사실이 그제야 실감이 났다.

양복점 할아버지와 잭슨 할아버지는 누가 제일 먼저 골목을 떠날지를 놓고 내기를 했다. 양복점 할아버지는 잭슨 할아버지가 손가락을 꼽고 있는 것을 보더니 팽, 웃었다.

"어차피 전부 떠나게 될 텐데, 뭘."

"전부 다요?"

양복점 할아버지는 귀 뒤에 꽂고 있던 초크로 탁자 위에 파란 선을 그었다.

"자, 이 줄 위에 사람들이 살았어. 그런데 이 줄이 끊어진단 말이야. 그러면 그 위에 있는 사람들이 어떻게 되겠어?"

나는 그 가느다란 파란색 선을 조용히 바라봤다. 철제 다리미에서 하얀 김이 흘러나왔다. 양복점 할아버지는 내가 수선을 맡긴 치마에 다림질을 하고 있었다.

"그런데 이 자루 같은 걸 어디다 쓰려고 그러냐?"

"비밀인데요."

양복점 할아버지는 입술에 붙은 실밥을 퉤, 뱉었다.

"이천원이다."

나는 그 주름치마를 타샤에게 선물했다. 타샤는 클럽 계단에 서서 내가 내민 선물을 조용히 바라보았다.

"내 생일인 줄 어떻게 알았어?"

케빈과 결혼한 후 잠시 클럽을 그만두었던 타샤는 얼마 전 일을 다시 시작했다. 케빈은 생활비를 가져다주기는커녕 군에서 지급하는 결혼수당까지 몽땅 술을 마시는 데 써버렸다. 몰래 타샤의 주머니를 털어가는 일도 다반사였다. 그가 가져오는 것은 한 달에 한 번 라면 한 상자뿐이었는데, 부대에서 결혼한 병사들에게 지급하는 것이었다.

필리피나는 미군들이랑 결혼하는 건 바보들이나 하는 짓이라고 했다. 결혼하면 추가로 월급을 받는 것도 아닌데, 섹스, 요리, 청소까지 해야 하니 얼마나 손해냐는 것이었다. 그런 결혼을 두 번이나 했으니, 타샤도 어지간히 바보였다.

타샤는 외출을 허락받은 후, 나를 데리고 케이크를 먹으러 갔다. 손님이 아무도 없는 커피숍에서 주인 아줌마 혼자 심수봉 노래를 듣고 있었다. 우리는 〈백만 송이 장미〉를 들으면서 초에 불을 붙였다.

"스물넷."

케이크 위에서 흔들리는 촛불을 보면서 타샤가 혼자 중얼거렸다. 스물네 개의 회한이 겹친 듯 우울한 표정이었다.

"……앞으로는 좋은 일만 있을 거예요."

타샤는 설핏 옅은 미소를 지어 보이고는, 촛불을 껐다. 그리고 빠른 속도로 케이크를 입속으로 욱여넣었다.

근래 그녀는 늘 뭔가를 먹고 있었다. 클럽에서도, 길가에서도, 집에서도, 언제나 손에는 빵이나 과자가 들려 있었다. 부풀어오른 몸이 움직일 때마다 옷자락이 말려올라갔다. 그녀의 팔다리에 시커먼 멍이 보였다. 그게 뭔가에 부딪혀 생긴 것들이 아니라는 건 나도 알 수 있었다.

주름치마는 폭이 넓어서 붉고 푸른 멍을 모두 넉넉히 가려주었다. 타샤는 그것을 입고 내 앞에서 한 바퀴 빙그르 돌았다. 이제 그녀는 기뻐도 슬퍼도 울지 않았다.

"클럽들이 전부 문을 닫으면…… 어떡하지?"

타샤는 길게 한숨을 내쉬었다.

"러시아에…… 집으로 돌아가는 건 어때요?"

타샤는 나를 가만히 바라보았다.

"거기에는 내 집이 없어."

러시아는 그녀에게 모든 세계의 시작이고 끝이었다. 그래서 삶이 끝에 이르지 않은 이상 그곳으로 돌아갈 수 없었다. 타샤는 러시아가 소름끼치게 춥고, 동시에 가슴이 델 만큼 뜨거운 곳이라고 했다. 그녀는 내게 고향에 대해 자주 이야기해주곤 했다. 어느 때는 환희에 차서, 어느 때는 설움으로, 어느 때는 실망에 젖어서, 어느 때는 그리움으로. 하지만 항상 마지막에는 고개를 저었다.

집에 돌아와보니, 레스토랑에서 시끄러운 소리가 들렸다. 한쪽에서 필리피나가 내게 손을 흔들었다. 미군들 셋이 돈을 낼 수 없다며 행패를 부리고 있었다. 슈퍼맨 티셔츠를 입은 미군이 아빠의 어깨를 툭툭 쳤다.

"이 스테이크 네가 구웠어, donkey?"

그는 남은 음식을 바닥에 떨어뜨리고, 하나하나 발로 짓이겼다. 옆 테이블의 미군들은 전부 지켜보고만 있었다. 아빠는 아무 말 없이 고개를 숙였다. 아빠가 아무 반응도 보이지 않자, 슈퍼맨은 레스토랑 바닥에 침을 뱉었다. 그들이 나간 뒤, 아빠는 늙은 당나귀처럼 고개를 숙이고 수방으로 들어갔다.

미군들한테 무슨 일을 당해도 말 한마디 할 줄 모르니까, 아빠가 얼뜨기라고 불리는 것이었다. 나는 레스토랑 안의 접시들을 전부 집어던져 깨뜨려버리고 싶었다. 하지만 그런다고 아빠가 달라질까.

나는 레스토랑에서 뛰쳐나와 미카네 집으로 달려갔다. 문을 열어준 사람은 토니 아저씨였다.

"미카 없는데…… 요즘 매일 늦는 것 같아."

아저씨는 미카가 올 때까지 방에서 기다리라고 했다.

나는 미카네 엄마가 가져다준 옥수수를 먹으면서 미카의 방을 둘러보았다. 오래전에 둘이서 창문에 붙인 스티커가 눈에 들어왔다. 돌고래, 불가사리, 산호초, 가지각색의 작은 물고기들…… 창밖이 어두워질 때까지 미카는 돌아오지 않았다.

레스토랑 쪽으로 터덜터덜 걸어가는데, 알로하클럽에서 세라가 나를 불렀다. 세라는 티셔츠를 훌렁 걷어올리고, 새로 산 브래지어를 보여주었다. 나는 한참 동안 그 분홍색 브래지어를 바라보았다. 이상하게 외로운 하루였다.

그날 밤, 나는 부스럭거리는 소리에 눈을 떴다. '아빠다!' 나는 재빨리 자리에서 일어났다. 열한시 사십분. 어느새 거실은 텅 비어 있었다. 나는 맨발에 운동화를 급히 꿰어신었다. 아빠가 어느 방향으로 갔는지는 나도 이미 알고 있었다.

가끔, 한밤중에 문이 여닫히는 소리가 들리곤 했다. 그리고 나면 집 안 공기의 흐름이 미묘하게 흔들렸다. 좀더 어렸을 때는 그것이 꿈인 줄 알았다. 하지만 소리는 매번 비슷한 시각에 반복되고 있었다.

아빠는 내가 깊이 잠이 든 후 집을 나가서 새벽녘이 될 때까지 돌아오지 않았다. 대체 어딜 가는 건지 물어볼 수는 없었다. 쉽게 대답할 수 있는 일이라면, 내가 잠들기를 기다렸다가 몰래 집을 빠져나갈 필요도 없을 테니까.

나는 컴컴한 계단을 빠르게 내려갔다. 들키지 않으려면 조심스럽게 움직여야 했다. 오늘밤이 지나면 모든 의문이 풀릴 것이다.

숲으로 향하는 길의 중간쯤에서 아빠의 걸음을 따라잡을 수 있었다. 한 손에 검정색 가방을 들고 천천히 걸음을 옮기는 아빠의 모습이 저만치 보였다. 사업상 모임에라도 가는 사람처럼 침착한 모습이었다. 늘 가던 길인데도, 숲이 무척 낯설게 느껴졌다. 띄엄띄엄 서 있는 노란색 등이 발밑을 희미하게 비쳐주었다.

경사가 가파른 길이라 금세 기운이 떨어졌다. 갑자기 재채기가 나오려고 해서 코를 꽉 틀어쥐었다. 그때, 아빠가 갑자기 걸음을 멈추었다. 눈앞에 탁 트인 땅이 나타났다. 코를 움켜쥐고 있던 손을 놓자, 그을린 낙엽 냄새가 났다. 나는 마른침을 삼켰다. 공동묘지였다.

나는 묘지 입구에 쓰러져 있는 고목나무 뒤에 몸을 숨겼다. 곧장 엄마 무덤 앞으로 가리라는 내 예상과 달리, 아빠는 공동묘지 안쪽 깊숙이 들어가더니, 손전등을 꺼내서 주변 무덤을 둘러보았다. 한참 동안 주위를 살펴보던 아빠는 왼쪽 끝으로 걸어갔다. 그리고 가방에서 낫과 가위를 꺼냈다. 어둠 속에서도 칼날이 시퍼렇게 빛났다. 나는 너무 긴장해서 숨도 쉬지 못할 지경이었다. 아빠가 무슨 일을 하려는 것인지 상상도 할 수 없었다. 누군가 멀리서 북이라도 치는 듯 심장소리가 쿵, 쿵, 울렸다.

아빠는 누구의 것인지 알 수 없는 무덤 앞에 다가가더니 낫을 들어 수풀을 쳐내기 시작했다. 무척 익숙한 손놀림이었다. 아빠는 무릎을 굽히고, 무덤 주변에 박힌 돌을 뽑아낸 뒤, 젖은 잎사귀들을 두 손으로 걷어냈다. 희끗희끗한 머리카락, 굽은 등, 정수리가 보였다.

아빠는 엉거주춤 허리를 숙이고 두 손을 조금씩 움직이며 풀을 깎았다. 장갑을 끼지 않은 맨손이었다. 아빠의 붉은 손이 어둠 속에서 가만가만 움직였다. 비늘처럼 얇은 피부로 뒤덮인 손등이 나뭇가지에 찔리고, 돌멩이에 긁혔다. 주변의 무덤들을 모두 그렇게 손보는 동안 아빠는 한 번도 허리를 펴거나, 고개를 들지 않았다.

숲에서 내려오는 길은 무척 미끄러웠다. 나는 휘청휘청 내리막길을 걸어가다가, 그만 신발이 벗겨져 넘어지고 말았다. 맨발로 내려가 저만치 떨어진 운동화를 주워신고 운동화 끈을 묶는데, 툭, 눈물이 떨어졌다. 세상을 이해할 수가 없었다. 밤하늘, 공기, 숲, 무덤, 사람. 언젠가 나도 어른이 될까?

나는 손바닥에 묻은 흙을 털어내고 자리에서 일어났다. 갑자기 추위가 밀려들었다. 집에 도착하자마자, 얼룩덜룩한 얼굴을 씻지도 않고 침대에 누웠다. 나는 금세 잠이 들었다.

8

　　바람 불어도 괜찮아요 괜찮아요 괜찮아요
　　쌩쌩 불어도 괜찮아요 난난난나는 괜찮아요
　　털옷 때문만도 아니죠 털장갑 때문도 아니죠
　　씩씩하니까 괜찮아요 난난난나는 괜찮아요

　배에는 닻이라는 게 있어서, 바다 위에서도 그것을 내리는 위치에서 멈춰 선다고 하는데, 노래도 그런 것 같다. 나는 엄마 무덤 앞에서 되도록 즐거운 노래를 부르려고 한다. 땅속에 같은 자세로 누워 있는 것도 지겨울 텐데, 우울한 노래까지 들어야 한다면 너무 고독할 것 같다.

　겨우내 누렇게 변했던 잔디 사이사이에 푸른 기운이 맴돌고 있었다. 니는 그 위에 쌀을 베고 누워서 사과를 먹었다. 하늘에 실 같은 구름이 길게 늘어져 있었다.

몰래 아빠 뒤를 밟고 나서 보니, 묘지에서 그전에 지나쳤던 것들이 하나하나 눈에 들어왔다. 무덤마다 풀을 잘라내고, 주변을 정리한 흔적이 있었다. 아주 미세하게 조금씩 손본 것이라서 신경써서 보지 않으면 알 수가 없었다. 잡초들을 정기적으로 잘라내지 않았다면 금세 수풀이 엉켜버렸을 텐데, 지금까지 그것을 이상하게 생각하지 않았던 게 신기할 정도였다. 아빠는 오래전부터 그 일을 해온 것이었다.

나는 엄마의 비석을 바라보면서 곰곰이 생각에 잠겼다. 가족 중의 또다른 누군가가 공동묘지에 묻혔다는 이야기는 들어본 적이 없었다. 그렇다면 아빠는 누구의 무덤을 돌보고 있던 것일까? 먼 친척? 친구? 이웃? 하지만 어째서 묘지 전체를 손질하고 있단 말인가? 또 밤마다 도둑처럼 일하는 까닭은 무엇일까?

의문을 풀기 위해서 아빠의 뒤를 쫓아갔던 건데, 도리어 더 큰 의문을 달고 온 것 같았다. 나는 사과 꼬투리를 집어던지고, 골목으로 내려왔다.

봄볕이 환한 대낮에도 골목 안에는 우울한 공기가 가득했다. 그 무렵 골목을 돌아다니며 구걸을 하던 할머니 한 명이 죽었다. 부대 앞에서 뺑소니 차에 치인 것이다. 건널목에서 죽은 할머니를 수습해간 것은 미군들이었다. 그것을 이상하게 여긴 사람은 한 명도 없었다. 일교차가 심해서, 매일 아침 짙은 안개가 골목 구석구석 내려앉았다.

한 달에 한 번씩 신병들을 쏟아내던 군용버스는 정해진 날짜가

며칠째 지나도록 골목에 나타나지 않았다. 양복점 할아버지는 "삼십 년간 이런 일이 일어난 적은 한 번도 없었어!"라고 고함을 질렀다. 텔레비전을 보면 그들이 옮겨갈 남쪽 시골에도 난리가 난 것 같았다. 봄에 씨를 뿌린 농지 위로 철조망이 쳐졌고, 논밭에서 쫓겨난 농민들이 울면서 가슴을 치고 있었다. 이쪽에서는 가지 말라고 울고, 저쪽에서는 오지 말라고 우는데, 왜 꼭 떠나야 하는지 이해할 수가 없었다.

골목 주변은 이렇게 어수선한데, 아빠는 무슨 연구를 하는지 며칠째 밤새 책만 들여다보았다.

아빠가 텃밭에 나타났을 때, 나는 미세스 정과 함께 퇴비를 쌓고 있었다. 미세스 정은 아빠를 보고 너무 놀라서 발을 헛디뎌 넘어질 뻔했다. 아빠는 두 손을 주머니에 찔러넣은 채 주위를 천천히 살펴보다가, 불쑥 공동주택 공사 일을 자기가 맡겠다고 했다.

"생각해두신 게 따로 없으시면, 흙부대 집을 짓는 게 어떨까 싶은데요."

아빠는 조용한 목소리로 말했다.

"집을 짓기도 쉽고, 돈도 많이 들지 않아요. 따로 미장이를 쓸 필요도 없을 겁니다."

"……그래요."

미세스 정은 멍하니 고개만 끄덕일 뿐이었다.

"그럼 진행상황은 그때그때 말씀드리죠."

용건이 끝나자, 아빠는 인사를 하고 돌아섰다. 그제야 정신이 번쩍 든 미세스 정은 허둥지둥 저녁밥을 사주겠다고 나섰다. 아빠는 고개를 저으며 사양했다. 미세스 정은 아빠의 손을 잡으려다가 말고, 허공에서 살짝 구부린 손을 손수건처럼 흔들었다. 아빠는 뒤돌아보지 않았다.

날씨가 완전히 풀리자 미세스 정은 겨우내 톱밥 사이에 보관해두었던 장미 묘목을 꺼내왔다. 나는 미세스 정과 함께 꽃밭에 구덩이를 파고, 밑거름을 주면서, 문득문득 공사터 쪽을 돌아보곤 했다. 그곳에 아빠가 가져다놓은 공사 자재들이 보였다.

미세스 정은 장미 묘목을 품종에 따라 나누어 심었다. 노란색 장미와 흰색 장미는 밭의 오른쪽, 분홍색과 빨간색 장미는 왼쪽이었다. 꽃잎의 안쪽과 바깥쪽 색깔이 다르거나, 꽃잎에 무늬가 생기는 장미는 가장자리에 심었다.

꽃밭의 한가운데에는 제일 푸르고 튼튼한 묘목을 심었다. 새 품종의 장미를 만들어내기 위한 어미나무였다. 어미나무에 다른 꽃가루를 가루받이시켜서, 이전에 없던 품종의 꽃을 얻는 것이다.

미세스 정은 화원에서 일할 때부터 장미 교배작업을 해왔지만, 수정에 성공한 적은 한 번도 없었다.

"별을 찾는 과정과 비슷한 거야." 미세스 정은 그렇게 말했다. "어딘가에 분명히 존재하지만, 찾아내기가 어렵거든."

신품종을 개발한 사람은 그 장미의 이름을 직접 지을 수도 있고, 큰돈을 벌 수 있는 기회도 잡을 수 있다고 했다. 미세스 정과 나는 미리 여러 가지 장미의 이름을 지어두었다. 행운은 준비하는 자의 것이라고 했으니까.

파종을 시작하면 한시도 쉴 틈이 없었다. 밭에서 무섭게 자라나는 잡초들을 베어주면서, 비닐집의 모종들을 차례로 옮겨심어야 했다. 나는 미세스 정의 텃밭에서 많은 시간을 보냈지만 그다지 쓸모 있는 역할을 하지는 못했다. 그저 이리저리 손을 놀리며 이야기나 조잘대는 편이었다.

고추와 토마토 모종을 심기로 한 날, 나는 약속시간보다 일찍 밭으로 나갔다. 미세스 정은 장갑을 벗고 내 손을 잡았다. 그녀의 은 발이 햇빛에 반짝반짝 빛났다.

"자두나무에 꽃 핀 것 볼래?"

미세스 정은 나를 자두나무 아래로 데려갔다. 나무에 흰 구름 같은 꽃송이가 가득했다. 나는 그 나무 아래에서 장미파이를 먹고 따뜻한 차를 마셨다. 미세스 정이 만드는 파이는 아빠가 만드는 것보다 훨씬 싱거웠지만 더 고소했다.

미세스 정은 일을 하러 나가기 전 내 얼굴과 손에 꼼꼼히 자외선 차단제를 발라주었다. 고동색 밭에 높이 세워놓은 지주와 두둑이 보였다. 옮겨심을 고추와 토마토 모종에 물을 먹이고 있는데, 텃밭 옆으로 승합차 한 대가 털털 소리를 내며 지나갔다. 순간, 내 옆에 서 있던 미세스 정이 다리를 휘청거리며 주저앉았다.

나는 간신히 그녀의 팔을 붙잡았다. 미세스 정은 숨을 몰아쉬면서 입술을 깨물었다.

"괜찮으세요?"

나는 그녀의 시선을 좇아 승합차의 뒤꽁무니를 바라보았다. 매번 똑같은 차였다. 미세스 정은 저 차가 지나갈 때마다 소스라치게 놀라 그 자리에 주저앉아버리곤 했다. 오래된 모델이라 이제는 흔히

볼 수도 없는 잿빛 승합차였다.

오래전 클럽에서 일할 때, 미세스 정은 여자들과 함께 사흘에 한 번씩 그 차에 올라 성병검진을 받았다고 한다. 여자들은 자신의 검사 결과를 가슴에 달고 다녔다. 미군들이 한눈에 알아볼 수 있도록. 그들은 길가에서도 수시로 검진증을 확인해서, 여자들을 끌고 가곤 했다.

검사에 문제가 있거나 의문이 가는 여자들은 곧장 몽키하우스로 보내졌다. 여자들은 잿빛 승합차에 태워져 깊은 산속으로 들어갔다. 그곳에서 하얀색 가운을 입은 미국 군의관들이 여자들의 몸을 샅샅이 검사했다. 그들은 끼니때마다 한 무더기의 약을 삼키게 했는데, 약을 먹으면 소변을 볼 때 피가 쏟아졌다. 여자들은 실험실의 한 마리 원숭이나 다름없었다. 커다란 환자복을 입은 여자들의 몸속으로 검사관들의 손이 불쑥불쑥 예고도 없이 들어왔다. 독한 약 때문에 여자들은 대개 넋을 놓은 상태였다. 그곳에서 나온 뒤에도 끝내 제정신이 돌아오지 못하는 경우도 있었다.

미세스 정을 보면, 시간이 흘러가버리는 게 아니라는 것을 알 수 있었다. 시간은 소용돌이친다. 미세스 정의 과거는 너무나 순식간에, 그녀의 눈앞에 나타났다.

미세스 정은 과거에 겪은 일들을 잊지 못했다. 잊어버리려고 하면 할수록 세밀한 기억 하나하나가 또렷이 되살아났다. 그래서 나는 미세스 정에게 되도록 많은 이야기를 해달라고 했다. 이야기는 늘 새로운 사람을 찾아가니까. 멀리멀리 흘러가는 것이니까. 나는 우물에서 물을 길어올리듯, 미세스 정의 이야기를 들었다.

조금씩 주위가 어둑어둑해지기 시작했을 때, 미세스 정은 고추와 토마토의 모종을 비닐집에서 꺼내왔다. 우리는 두둑을 호미로 조금 파내고, 그 안에 물을 뿌렸다. 포트 안에 있는 모종을 삽으로 떠내자 잔뿌리들이 허공에서 흔들렸다. 미세스 정은 터를 옮긴 모종들이 몸살을 앓지 않도록, 몇 번씩 물을 뿌려주었다. 물이 충분히 스며들어야 뿌리와 흙이 서로 밀착되어 튼실히 자리잡을 수 있었다. 일을 다 마친 후, 미세스 정은 푸르게 변한 밭을 조용히 둘러보았다.

그날 집으로 돌아오는 길에 나는 미카를 보았다. 미카는 여러 명의 남자애들과 같이 있었다. 학교에서 '패거리'로 불리는 애들이었다. 미카는 지저분한 욕설을 떠들어대는 애들 틈에 서 있었다. 나와 눈이 마주쳤지만, 모르는 척 고개를 돌려버렸다. 버스가 도착하자 미카는 패거리들과 함께 차에 올라탔다.

미카네 엄마는 그애가 수영장에 발걸음을 끊은 것이 벌써 한 달째라고 했다.

"수영복까지 쓰레기통에 버린 것을 도로 주워왔어."

아줌마는 걱정스럽게 한숨을 내쉬었다.

"너도 알잖니. 소년체전 나간다고 얼마나 열심이었는지."

학교에서 미카는 온종일 패거리들과 같이 몰려다녔다. 미카에게 다가가려 할 때마다 번번이 그애의 눈빛이 나를 가로막았다. 미카는 그들 가운데 섞이기 위해 패거리의 말투, 패거리의 옷차림, 패거리의 몸짓까지 따라 하고 있었다. 너무나 우스꽝스러웠지만 미카의 표정을 보면 조금도 웃음이 나오지 않았다. 그애는 깊은 물속에서 허우적거리고 있었다.

9

　골목에서 제일 먼저 문을 닫은 가게는 랑데부클럽이었다. 랑데부
클럽의 사장 아저씨는 미군들보다 먼저 남쪽에 가서 터를 잡아놓을
거라고 했다. 아직 미군들의 움직임은 없었지만, 골목에서 제일 큰
클럽이 이사를 간다고 나서자 골목 안이 술렁거렸다. 홀이 넓은 만
큼 많은 여자들을 데리고 있는 곳이었다. 여자들은 전부 다른 지역
으로 뿔뿔이 흩어지게 됐다.

　이삿날 아침, 여자들의 짐이 모두 길바닥으로 나왔다. 나는 레스
토랑의 창문에 붙어서서 그들이 떠나는 모습을 지켜보았다. 전부 자
기 가방을 꼭 붙들고 서서 매니저의 차가 오기를 기다리고 있었다.

　각기 다른 지역으로 가게 된 여자들은 말없이 서로의 어깨를 꽉
끌어안았다. 누구는 울었고, 누구는 쇠처럼 차가운 표정으로 먼 데
를 바라보았다. 그들 중 몇몇은 커다란 종이상자를 안고 있었다. 그
안에 무엇이 들었는지 아는 사람은 많지 않다. 상자에서 달그락거

리는 소리가 들리는 것 같았다.

매해 봄이면 그릇장수들이 클럽 숙소에 들어와서 물건을 팔았다. 그들이 골목에 드나들기 시작한 것은 미세스 정이 클럽에서 일하던 시절부터라고 한다. 언젠가 나도 언니들 틈에 끼어 그들을 본 적이 있다.

그들은 눈에 띄지 않는 옷차림을 하고, 꼭 필요한 말이 아니면 입을 열지 않았다. 바닥에 깔개를 깔고, 하나하나 그릇들을 꺼내놓기만 했다. 한쪽에는 사공이 그려진 중국 도자기 세트를 진열했고, 또 다른 쪽에는 투명한 핑크빛이 도는 크리스털 와인잔 세트를 진열했다. 마치 식탁을 차리는 것 같았다. 샐러드볼에서 디저트 접시까지, 화려한 식기세트가 깔개 위에 놓였다. 언니들은 조용히 그 그릇들을 바라보았다. 언니들의 시선이 날갯짓하듯 여기저기 부딪히고 내려앉았다.

언니들은 전부 클럽의 숙소에 갇혀 살고 있었다. 자기 한 몸 겨우 누일 침대 하나 외엔 한 뼘의 개인공간도 갖고 있지 않았다. 매일 마른 빵 한 조각 챙겨먹기도 어려운 생활이었다. 그런데도 언니들은 한참 동안 그릇세트에서 눈을 떼지 못하고, 입술을 깨물고, 고개를 갸웃거렸다. 그러다 마침내 한 사람이 조심스럽게 마음에 드는 그릇세트를 가리키는 것이었다. 한 명이 손을 들면 그때부터는 여기저기서 물건을 보여달라고 나섰다.

언니들은 그릇을 하나하나 조심스럽게 싸서 상자 안에 넣고, 침대 머리맡에 두었다. 그리고 매일 밤 누군가에게 다짐을 받듯이 그것들을 바라보았다. 언니들은 스티로폼 도시락과 일회용 컵을 사용

하면서 그 아름다운 그릇의 할부금을 냈다. 그리고 자신의 식탁을 가지게 되는 날, 그 그릇들이 각자의 자리에서 빛나는 순간, 그 앞에서 자신을 바라보는 누군가와 오랫동안 대화를 나누는 저녁을 기다렸다.

여자들을 실어갈 승합차들이 속속 랑데부클럽 앞으로 도착했다. 반바지에 슬리퍼를 신은 브로커들이 귀찮은 표정으로 여자들의 짐을 차 뒤칸에 실었다. 헤어지기 직전에 울음을 터뜨리며 서로 끌어안는 필리핀 여자들이 보였다. 러시아 여자들은 담담하려고 애쓰면서, 뺨에 입을 맞추는 것으로 작별을 고했다.

그때, 한쪽에서 오토바이 한 대가 술병을 싣고 달려왔다. 여자들 사이를 이리저리 피해 달려오던 오토바이는 한쪽 구석으로 방향을 틀었는데, 미처 그것을 보지 못했던 러시아 여자가 뒤를 돌아서다 놀라서 그만 넘어지고 말았다. 여자가 끌어안고 있던 종이상자가 바닥으로 떨어졌다. 와장창, 그릇 깨지는 소리가 골목 안에 날카롭게 울렸다. 티포트와 찻잔이 산산조각나 땅 위에 흩어졌다. 넘어진 여자는 도자기의 잔해들을 멍하니 바라보았다. 다른 여자들이 허리를 굽히고, 깨진 조각들을 주워모았다.

랑데부클럽이 떠난 날 밤, 다른 클럽들은 음악을 더 크게 틀었다. 그럴수록 빈자리가 더욱 크게 느껴졌다. 나는 밤이 깊도록 잠을 이루지 못하고 몸을 이리저리 뒤척였다. 아빠는 언제쯤 또 숲으로 올라갈 것인가. 풀 베는 소리, 맨손으로 낫질을 하던, 붉은 아빠의 손.

자정이 가까운 시간, 게스트하우스에서 초인종 소리가 울렸다. 곧이어 다급하게 문을 두드리는 소리.

문을 열기가 무섭게 게스트하우스 안으로 들어선 사람은 존 목사님이었다. 그리고, 걸치고 있던 두꺼운 외투를 벗자마자 드러난 유령의 형상. 군청색 눈동자, 높고 좁은 콧대, 창백한 입술, 지저분한 군복…… 헌병들의 수배 사진에서 봤던 미군이었다. 비명이 터지려는 순간, 목사님의 커다란 손바닥이 내 입을 막았다.

아빠는 두 사람을 방으로 안내하고 현관문을 잠갔다. 방문을 닫자마자, 미군은 그 자리에 허물어지듯 주저앉았다. 해골처럼 마른 몸에, 금발 머리카락이 뭉텅뭉텅 빠져 있었다. 그 상태로 살아 있다는 게 신기할 정도였다. 미군은 주위를 둘러보지도, 우리를 쳐다보지도 않았다. 그는 몸을 둥글게 웅크리고, 두 팔 안에 얼굴을 묻었다. 그러곤 같은 말을 계속해서 중얼거렸다. 미안해요, 미안해요, 미안해요…… 그 앞으로 한발 다가서려는 나를 아빠가 끌어당겼다.

존 목사님과 아빠는 방 한쪽에서 조용한 목소리로 대화를 나누었다. 목사님이 떠난 후 아빠는 창문의 커튼을 전부 다 내리고, 문이 제대로 잠겼는지 두 번이나 확인했다.

"부대에서 도망친 미군이죠?"

"아무한테도 말해서는 안 된다."

아빠는 곧장 부엌으로 들어가서 수프를 끓였다. 다음날 아침, 게스트하우스 문 앞에는 'closed' 팻말이 걸렸다. 위층에서는 아무 소리도 들리지 않았다.

이틀째 되는 날, 미군은 게스트하우스의 창고로 자리를 옮겼다. 햇빛을 볼 때마다 발작을 일으켰기 때문이다. 사방이 두꺼운 벽으로 둘러싸인 창고는 창문이 하나도 없어서, 한 줄기 빛도 들어오지 않았다. 아빠는 미군을 그곳에 숨겨두고, 아무도 모르게 상태를 확인했다. 나조차도 그가 있다는 것을 잊어버릴 정도였다.

미세스 정과 아빠는 새로 지을 집에 대해 두어 차례 이야기를 나누었다. 흙부대집은 이름 그대로 부대에 흙을 채워 쌓아올린 집이었다. 달집이라고도 불리는데, 이는 사람들이 달에 집을 지을 목적으로 만든 건축법이었기 때문이다.

아빠는 집의 설계도를 미세스 정에게 보여주었다. 미세스 정은 주름 가득한 손으로 설계도를 코앞에 가져다댔다. 안경을 끼지 않으면 글자가 보이지 않는다고 했다. 할 수 없이 아빠가 하나하나 자세하게 설명을 해줘야 했다.

공사가 시작되자, 아빠는 정신없이 바빠졌다. 레스토랑 일이 끝나자마자, 곧장 공사장으로 나갔다. 아빠가 늦는 날이면 나 혼자 저녁을 먹었다.

온종일 장대비가 쏟아지던 날, 나는 혼자서 텔레비전을 보고 있었다. 갑자기 삼층에서 뭔가 무너지는 소리가 들렸다. 천천히 계단을 올라가보았지만, 창고 안에서는 아무 기척도 느껴지지 않았다.

나는 잠시 망설이다가, 문을 열었다. 문이 열리자마자 캄캄한 공기가 밀려나왔다. 눈이 어둠에 익숙해지자, 구석에 앉아 있는 미군이 보였다. 그는 아빠의 낡은 티셔츠를 입고 있었다. 머리카락이 꼭 마른 지푸라기 같았다.

미군은 내내 고개를 숙이고 있었다. 밖에 비가 오는 것도, 창고 문이 열린 것도, 내가 자신을 쳐다보는 것도 모르는 것 같았다. 바깥바람이 들이치자, 더욱 동그랗게 몸을 말고 구석으로 들어앉을 뿐이었다.

　그는 늘 어둠 속에 몸을 숨기고 있었고, 아무것도 먹으려 하지 않았다. 물병 속의 물만 눈에 띄지 않을 만큼 조금씩 줄어들었다. 목사님이 하루에 한 번 들러서 영양을 공급해주는 주사를 놓았다. 시간이 흐를수록 그는 점점 더 야위어갔다. 쪼글쪼글 말라붙은 얇은 피부를 뚫고 당장이라도 뼈가 튀어나올 것 같았다. 꼭 말아쥔 그의 손안에는 분홍색 리본이 하나 들려 있었다. 시체처럼 야윈 군인이, 여자아이들의 머리 리본을 왜 그렇게 꼭 붙들고 있는지 의아했다. 그가 이라크에서 온 군인이라는 걸 알게 된 건 한참이 지나서였다.

　전쟁이 끝난 뒤에도 고향으로 가지 못하고, 골목으로 돌아오는 미군들이 있었다. 제대까지 복무기한이 남은 이들이었다. 부대 안에서는 매일같이 컨테이너 트럭이 줄줄이 빠져나오는데, 어째서 그들을 이곳으로 보내는지 이해할 수가 없었다. 전쟁터에서 돌아온 병사들은 대개 술에 빠져 지냈다. 그들은 피곤에 찌든 얼굴로 담벼락의 그림자 속을 걸어다녔다. 눈 속에 새카만 어둠이 있었고, 누구와도 대화를 나누지 않았다.

　부대 앞 아카시아나무가 꽃을 피웠을 즈음, 한 미군이 나뭇가지에 목을 맸다. 목에는 이라크 군인 두 사람의 인식표가 걸려 있었다. 문득 창고 속의 미군이 떠올랐다. 나는 샬롬하우스로 달려갔다.

　"게스트하우스의 미군을 어떻게 하실 거예요?"

　형광등을 갈고 있던 존 목사님은 우당탕, 의자에서 내려왔다.

　"그 얘길 아무 네서나 해서는 안 된다."

　"저도 알아요. 제가 어린앤 줄 아세요?"

목사님은 나를 데리고 방에 들어가서 문을 닫았다.

"그 군인은 부대로 돌아갈 수 없단다."

"왜요?"

"전쟁터에서 자신을 잃어버렸기 때문이야."

목사님은 손바닥으로 이마를 문질렀다.

"전쟁이 어떤 것인지, 전쟁터에 가보지 않은 사람은 절대 알 수 없단다."

목사님은 한마디 한마디를 어렵게 뱉어냈다.

"그 전쟁은 거짓말로 시작됐지. 전쟁이라는 말, 그건 쉬운 거야. 하지만 전쟁터는 달라. 그건 어린아이들의 피, 동료들의 잘려나간 팔다리, 사람들의 시첫더미를 마주하는 거야."

목사님은 부끄러운 고백을 하듯, 고개를 숙이고 바닥을 내려다보았다. 사방이 온갖 책으로 둘러싸여 있는 방 안이었다. 벽마다 아이들이 낙서를 해놓아서 깨끗한 구석이 없었다.

"전쟁터에서는 아이들도 죽나요?"

"……그렇단다."

"목사님은 신을 믿으세요?"

"……그래."

나는 피식 웃었다.

"기가 막히네요."

존 목사님은 샬롬하우스의 아이들을 바라볼 때처럼 내 눈을 깊이 들여다보았다. 그 눈 속에 영문을 알 수 없는 슬픔이 어려 있었다.

"쿠키 먹을래?"

목사님은 갑자기 소파에서 일어나, 내게 쿠키 항아리를 들이밀었다. 나는 항아리 깊숙이 손을 집어넣어 초콜릿칩 쿠키를 하나 꺼냈다. 초콜릿에서 쓴맛이 났다.

문을 열고 밖으로 나오자, 햇볕이 따뜻했다. 샬롬하우스 아이들은 마당에서 술래잡기를 하고 있었다. 술래의 손이 스쳐 지나갈 때마다 깍깍 비명소리가 들렸다. 여기서기서 웃음소리가 터져나왔다.

"신은 우리에게 질문하시는 분이란다."

목사님은 내 옆에 멈춰 서서 말했다.

"거기에 대답하는 게 우리 삶이고."

집으로 올라가는 길에 레스토랑을 들여다봤더니, 에드가 냅킨을 접고 있었다. 필리피나는 그 옆에서 잡지를 읽고 있었다.

"요즘엔 왜 미카가 놀러 오지 않는 거야?"

필리피나는 고향의 막냇동생과 닮았다며 미카를 유난히 귀여워했다.

"몰라요."

나는 퉁명스럽게 대답하고 위층으로 올라갔다.

미카는 학교에서는 물론 골목 안에서조차 나를 모르는 척했다. 며칠 전 악기점 앞에서 잭슨 할아버지가 불렀을 때도 대답 없이 고개를 숙인 채 지나가버렸다. 할아버지는 미카의 뒷모습을 보면서 눈만 껌뻑였다. 미카는 점점 더 내가 닿을 수 없는 곳으로 멀어지고 있었다.

10

아빠는 매일 옥수수를 오래 불려 수프를 끓였다. 창고 속 미군에게 가져다줄 것이었다. 그가 음식에는 입도 대지 않는다는 걸 알면서도, 아빠는 끼니때마다 먹을 것을 가지고 올라갔다. 아빠가 공사터에 나가면, 그 일은 내 차지가 되었다. 창고 앞에 서면 늘 두려웠다. 그가 죽어 있을지도 모른다는 생각이 들었다.

나는 잠든 그의 입술에 귀를 바짝 갖다댔다. 숨소리가 희미했다. 얼굴에 핏기가 사라지고 있었다. 어둠 속에서 점점 더 투명해지고 있는 것 같았다. 손안에 쥔 분홍색 리본만 점점 더 진한 색으로 변했다.

두번째 클럽이 이사를 갔고, 그다음 주에 부대 안의 행정부서가 통째로 옮겨갔다. 지금까지 고개를 갸웃거렸던 사람들도 어깨를 무겁게 떨어뜨렸다. 타샤는 아침 일찍 레스토랑으로 나를 찾아왔다. 그녀는 필리피나를 향해 "팬케이크 두 개!"라고 우렁차게 외치고,

발그레한 얼굴로 자리에 앉았다.

"있잖아……"

그녀는 두 눈을 반짝거리면서 내게 몸을 숙였다.

"나 임신했다."

나는 잠시 아무 말도 하지 못하고 타샤를 멍하니 올려다봤다.

"이런 일이 생길까봐 늘 두려웠는데……"

타샤는 내 손을 움켜쥐더니 자신의 왼쪽 가슴에 갖다댔다.

"가슴이 두근두근해."

"케빈은……"

타샤는 고개를 가로저었다.

"그는 상관없어. 이 아이는 내 아이야."

타샤는 커다란 팬케이크를 내 것까지 말끔히 먹어치우고, 이제 아기도 생겼으니 더 열심히 일해야 한다면서 씩씩하게 클럽으로 건너갔다. 그릇을 치우던 필리피나가 그 뒷모습을 향해 내뱉듯 말했다.

"임신이라니. 멍청한 거야, 미친 거야?"

나는 필리피나를 째려보고, 그녀의 수첩을 몰래 숨겨버렸다. 그 수첩이 없으면 '친절한 필리피나'도 손님들의 이름을 기억 못 했다. 레스토랑에서 나온 나는 곧장 길 건너편 양복점으로 들어갔다.

양복점 할아버지는 재봉질을 하고 있었다. 나는 잠시 그 속사포 같은 바늘의 움직임을 바라보았다.

"할아버지…… 갓난아기 티셔츠도 만들어주실 수 있어요?"

"이만오천원."

양복점 할아버지는 고개도 들지 않고 말했다.

"좋아요. 그 대신 천은 제가 고를 거예요."

양복점 할아버지가 눈썹을 치켜올렸다. 잠시 침묵이 흘렀다.

"그러든지."

언젠가부터 양복점에서는 더이상 양복을 만들지 않았다. 대신 젊은 미군들 구색에 맞는 티셔츠를 만들어 팔았다. 미군들 중에선 외상으로 옷을 가져다 입는 축이 꽤 많았다. 할아버지는 그들이 돈을 떼먹고 골목을 떠날까봐 매일 부대 주변을 서성거렸다.

잭슨 할아버지는 양복점 한구석에서 말없이 커피를 마시고 있었다. 길에서 미카와 패거리를 본 이후 잭슨 할아버지는 계속 어두운 표정이었다. 패거리는 오래전부터 골목의 말썽거리였다. 미용실에 불을 지른 적도 있고, 클럽에 들어가서 돈을 훔친 적도 있다. 잭슨 할아버지는 언젠가 그애들을 한데 불러놓고 훈계한 일이 있는데, 그 이후로 패거리들은 악기점을 지나갈 때마다 욕설을 내뱉거나 쓰레기를 집어던졌다.

"미카엘이 그애들과 친하게 지내니?"

잭슨 할아버지가 물었다.

"요즘 한 몸처럼 붙어다녀요."

커피잔을 손에 쥔 할아버지의 얼굴이 해쓱해 보였다.

점심때 쟁반을 들고 위층으로 올라갔다. 미군은 언제나처럼 구석 자리에서 몸을 웅크리고 있었다. 여전히 나를 보고도 고개조차 돌리지 않았다. 나는 그의 발치에 쟁반을 내려놓고, 장미화분에 물을 주었다. 미세스 정의 밭에서 가져온 장미였다. 바닐라 향기가 금세 공기중에 퍼졌다. 어둠 속에 흰 꽃잎이 별처럼 보였다.

미군의 시선이 조용히 장미에 가 닿았다. 그는 축 늘어진 몸으로 오랫동안 장미를 바라보았다. 창고를 나설 때, 등뒤에서 작은 소리가 들렸다.

"미안해요."

뒤를 돌아보자, 그는 다시 고개를 떨어뜨렸다.

오후 무렵, 알로하클럽 시장 이줌마가 레스토랑으로 나를 찾아왔다.

"애, 클럽에 가서 세라 좀 봐줘."

아줌마는 다짜고짜 나를 끌어당겼다. 영업 시작시간이 다 되었는데 세라가 홀에서 나가지 않겠다고 떼를 쓴다는 것이었다.

세라는 홀 한가운데 떡하니 자리를 잡고 앉아 있었다. 그애는 나를 보자 좋아서 침을 질질 흘리면서 소리를 질렀다. 그럴 때 세라는 정말 바보 같아 보였다. 인형놀이를 하자는 나의 말에 세라는 순순히 홀 위의 방으로 따라왔다. 방바닥에는 세라의 장난감이 늘어져 있고, 창문마다 두껍게 커튼이 쳐져 있었다. 아랫층 홀을 향해 나 있는 창문들이었다.

나는 조심스럽게 창문에 다가가 커튼을 젖히고 아래를 내려다보았다. 텅 빈 아랫층에, 언니들이 군인들처럼 한 줄로 늘어서 있었다. 사장 아줌마는 그 앞을 지나가면서 언니들 한 사람 한 사람에게 잔소리를 했다. 어떤 언니에게는 손가락으로 머리를 톡톡 치고, 또 어떤 언니 앞에서는 커다란 장부를 흔들어댔다.

나른 클럽들이 전부 이사 준비를 하고 있는 것과는 달리 알로하클럽은 영업시간을 새벽까지 늘렸다. 사장 아줌마는 눈두덩을 좀더 진한 보라색으로 칠하고, 또 주스값을 내렸다. 알로하클럽은 이사 계획이 없었다. 세라가 태어나서 지금까지 겨우 익힌 모든 것이 이 골목에 있었기 때문이다.

미군들이 들어오기 시작하자, 언니들이 자리에서 일어났다. 어떤 언니들은 문 앞에서 춤을 추고, 어떤 언니들은 미군과 내기 포켓볼을 쳤다. 사장 아줌마는 가게 안을 돌아다니면서 언니들의 옆구리를 볼펜으로 쿡쿡 찔렀다. 언니들이 주스를 한 잔 마실 때마다 사장 아줌마의 장부에도 동그라미가 늘어났다.

어두운 구석에 앉은 타샤의 뒷모습이 눈에 들어왔다. 짧은 원피스 밖으로 살이 투실투실 삐져나온 타샤는 백인 병사의 무릎에 앉아 있었다. 백인 병사가 다리 사이에 손을 넣자, 타샤는 굳은 얼굴로 병사의 손을 치웠다. 그녀는 엉거주춤 앉은 채로 몇 번씩 그 손을 밀어냈다. 그녀와 미군 사이에 작은 실랑이가 오갔다.

"선희! 선희야!"

세라가 비스킷 여섯 개를 한꺼번에 입속에 넣었다고 소리를 질렀다. 건성으로 박수를 쳐주고 다시 창문으로 고개를 돌린 순간, 머리채를 잡힌 타샤가 바닥으로 내팽개쳐졌다. 쇠망치 같은 백인 병사의 팔이 타샤의 얼굴을 두어 번 후려갈겼다. 사장 아줌마가 타샤에게 소리를 질러댔지만 바닥에 널브러진 타샤는 꼼짝도 하지 않았다. 나는 벌떡 일어나 홀 아래로 달려내려갔다. 세라도 쫓아왔다.

홀로 내려오자 전자기타 소리가 귀를 찔렀다. 사람들 사이를 헤집고 지나가는데, 눈앞에서 조명들이 번쩍거렸다. 뚱뚱한 장교들과 구석자리에 앉아 있는 필리핀 언니들, 아무 말도 없이 맥주를 마시고 있는 중년의 미군 두 명, 머리를 빡빡 민 여군, 번쩍이는 금목걸이를 한 힙합 스타일의 젊은 흑인들, 음악에 맞춰 몸을 흔드는 러시아 언니들…… 타샤는 어디에도 보이지 않았다. 뒷문 쪽에서 타샤를 때린 백인 병사를 붙잡고 사정하는 사장 아줌마가 보였다.

"선희야, 나 오줌 마려워."

세라가 다리를 오므리고 쥐어찌듯 말했다. 나는 세라를 끌고 화장실로 갔다.

타샤가 그곳에 있었다.

"어머, 니들이 여긴 웬일이니?"

덜덜 떨리는 손으로 거울 앞에서 화장을 고치고 있던 그녀는 시퍼렇게 부어오른 얼굴로 깜짝 놀란 표정을 지었다. 곧이어 벌겋게 찢어진 입술이 빙긋 웃었다.

"배고팠는데 마침 잘됐다. 우리, 라면 먹으러 갈래?"

타샤와 나는 포장마차 분식점에 갔다. 세라도 따라왔다. 베트남에서 온 젊은 부부가 꾸려가는 포장마차 구석에는 부부의 갓난아이가 유모차 안에 누워 있었다.

타샤는 라면을 한 그릇씩 시켰다. 나를 알아본 아줌마가 라면 위에 오뎅꼬치를 하나씩 얹어주었다. 국물은 맵고 뜨거웠다. 세라가 자꾸 침을 흘려서 타샤가 몇 번씩이나 휴지로 그애 턱을 닦아줬다. 지친 표정의 필리핀 여자들이 옆에서 커피를 마시고 있었다. 타샤는 후루룩후루룩 라면을 먹으면서 한쪽 구석 유모차에서 자고 있는 베트남 아기를 흘금거렸다. 아기가 잠결에 입이 찢어져라 하품을 했다. 타샤는 자기 혼자 빙그레 웃었다.

미군이 숨은 창고 안에는 창문이 없어서 매일매일 화분을 들고 나와 얼마간 볕을 쬐여줘야 했다. 흰 장미는 특히 향기가 강하고 독특했다. 개중에는 귤냄새가 나는 것, 바닐라 향이 나는 것도 있었다. 미군은 음식을 조금씩 먹기 시작했다. 수프와 같이 빵을 뜯어먹기도 했다. 화분을 가지러 들어갈 때마다, 군청색 눈동자가 물끄러미 나를 바라보았다.

타샤는 그다음 날 정신을 차리자마자 알로하클럽에 가서 사장 아줌마한테 잘못을 빌었다. 그럴 때 클럽 언니들은 일부러 더 한국말을 못하는 척하는데, "언니 미안 쏘리해요. 나 바보였어" 하고 헤헤 웃으면, 정말 악질이 아닌 다음에야 화를 낼 수 없었다. 타샤가 팔짱을 끼고 애교를 피우자 알로하클럽 아줌마도 "너 이년, 한 번만 더 그래봐라!" 경고만 하고 그만이었다. 클럽 사장과 언니들은 정말 이상한 관계였다. 서로 잡아먹기라도 할 듯 징그럽게 욕을 하고도 곧장 돌아서서 같이 부침개를 부쳐 먹는 식이었다.

어쨌든 타샤 얼굴의 멍은 화장으로 가릴 수 없는 정도라, 며칠 집에서 쉴 수밖에 없었다. "케빈이 싫어할 텐데." 타샤는 계란으로 눈가를 문지르며 중얼거렸다. 그즈음 케빈은 제대하고 마땅한 일도 없이 집에서 빈둥거리고 있었다. 그런 남자를 기둥서방이라고 하는데, 우리 골목에는 뽑아 없앨 기둥이 정말 수도 없이 많았다.

그날 저녁 존 목사님이 집에 찾아왔다. 목사님 뒤에, 야윈 백발 아저씨와 금발 아줌마가 서 있었다.

"선희야, 아버지 모시고 와라."

나는 그들의 창백한 얼굴을 보고, 위층으로 쏜살같이 달려올라갔다. 그들이 누구인지 짐작이 갔다. 금발 아줌마의 머리카락은 탈영병의 머리카락 색깔과 똑같았다.

아빠는 그들을 창고로 안내했다. 미군은 몸을 잔뜩 웅크리고, 내가 가져다준 햄버거를 먹고 있었다. 백발 아저씨가 금발 아줌마의 등을 감싸안았다. 아줌마는 주춤주춤 창고 안으로 들어갔다. 열린 문틈으로 들어온 희미한 빛 속에서 미군의 실루엣이 보였다.

"케이시……"

아줌마가 이름을 부르자, 그는 고개를 들고 그녀를 보았다. 다시한번 이름을 부르는 순간, 그의 얼굴이 일그러졌다. 그는 온몸에 경련을 일으키면서 팔다리를 부들부들 떨었다. 금발 아줌마는 울음을 참느라 끅끅거렸다. 목사님이 가방을 뒤져 진정제를 놓자, 케이시는 순식간에 기운을 잃고 바닥에 쓰러졌다. 존 목사님이 뒤로 넘어가는 그의 목을 붙잡았다.

목사님은 케이시의 상태를 확인해보고, 부부를 안심시켰다. 아빠는 넋을 잃은 아줌마와 아저씨를 거실로 안내하고 커피를 끓였다. 집 안에 커피 향기가 가득 퍼졌다. 소파에 주저앉은 금발 아줌마는 퉁퉁 부은 눈으로 멍하니 바닥을 내려다보고 있다가, 아빠가 주는 커피를 받아들었다.

"저애는…… 자라면서 한 번도 말썽을 일으킨 적이 없어요."

백발의 아저씨가 말했다.

"열다섯 살 이후로 하루도 아르바이트를 쉰 적이 없어요. 동생들을 돌보느라 여자애들과 데이트 한번 해보지 못했죠."

아저씨는 허공에 대고 주절주절, 이야기를 멈추지 않았다.

"혼자 있을 때는 늘 종이에 뭔가를 끼적여댔어요. 소설가나 극작가가 되고 싶어했죠. 성당에서 크리스마스 연극을 할 때도 항상 케이시가 대본을 썼어요. 연극을 본 사람들은 전부 케이시가 남다른 재능을 가지고 있다고 했어요. 본인도 그걸 알았어요. 우리도 알았지요. 하지만 우리가 해줄 수 있는 일이 없었어요."

케이시는 트레일러에서 태어났고, 기울어진 합판 위에서 남동생들과 함께 잤다. 그는 고등학교를 졸업한 후, 피자헛에서 하루 열두 시간씩 일했다. 그러던 어느 날 트레일러 촌을 찾아다니며 신병을 모집하는 에이전트에게서 입대를 하면 대학 장학금을 받을 수 있다는 말을 들었다. 그는 해외입대를 지원했고, 한국에 온 지 육 개월 만에 이라크로 파병되었다.

"케이시는 그곳에서 편지를 썼어요. 깨알 같은 글씨에, 온통 죽음에 대한 이야기뿐이었죠. 폭격으로 죽어가는 사람들에 대해 쓰고 또 썼어요. 무너진 집에서 기어나온 여자아이에 대해서, 오른쪽이 날아가버린 아이의 머리, 머리카락의 색깔, 아이의 반쪽 머리에 어떤 리본이 묶여 있었는지, 아이가 어떤 소리를 내며 울었는지, 아이의 숨이 얼마나 빨리 사라져버렸는지……"

백발의 아저씨는 말을 다 잇지 못하고 입을 다물었다.

그들은 창고에 들어가서 케이시의 짐을 챙겼다. 장미화분을 본 아줌마는 시선을 거두지 못하고 한참 동안 그 앞에 앉아 있었다. 나는 그것을 그녀에게 건네주었다. 아줌마는 내 손을 잡고 내 뺨에 입을 맞추며, 속삭이듯 고맙다고 말했다. 금빛 머리카락에서 차 향기가 났다.

백발의 아저씨가 케이시를 안고, 숨을 몰아쉬면서 계단을 내려갔다. 나는 뒷좌석의 유리창에 붙어 담요를 덮고 누운 케이시를 보았다. 백발의 아저씨는 존 목사님, 아빠와 악수를 한 후 운전석에 올랐다.

케이시를 태운 차는 붉은 전조등을 깜빡이다가 사라졌다. 어둠 속에 분홍색 리본이 떨어져 있었다. 나는 그것을 주워서 내 손목에 묶었다.

11

모래성이 차례로 허물어지면 아이들도 하나둘 집으로 가고
내가 만든 모래성이 사라져가니 산 위에는 별이 홀로 반짝거려요
밀려오는 물결에 자취도 없이 모래성이 하나둘 허물어지고
파도가 어두움을 실어올 때에 마을에는 호롱불이 곱게 켜져요

나는 엄마에 대해 아는 것이 없었다. 키가 큰지 작은지, 눈동자가
무슨 색깔인지, 머리카락에서는 어떤 향기가 나는지, 목소리는 어떤
지, 아이스크림을 좋아하는지 싫어하는지…… 아무것도 알지 못했
다. 나한테 엄마는 처음부터 무덤, 그 안의 하얗고 단단한 뼈였다.
아는 게 하나도 없었기 때문에, 무덤 속의 뼈를 무조건 사랑할 수밖
에 없었다.
나는 엄마의 무덤 앞에서 노래를 부르고, 또 불렀다. 누군가 내
노래를 들어준다는 것만으로도 좋았다. 그마저도 없었다면, 나는 진

작 폭발해버렸을 것이다.

무덤 주위에 제비꽃이 무리지어 피어 있었다. 보라색 꽃잎을 보고 있으니까 케이시가 떠올랐다. 그는 무사히 돌아갔을까.

케이시가 떠난 후 미군들은 단체훈련을 떠났다. 어른들은 전부 가게 문을 닫고 시청에 갔다. 미군기지 이전에 대한 주민 대책회의를 한다고 했다. 아빠는 오랜만에 와이셔츠를 입었디. 젝슨 할아버지와 알로하클럽 아줌마가 아빠의 차를 타려고 왔다. 세라는 운전석에 앉은 아빠를 뚫어져라 쳐다보았다. 그애는 늘 우리 아빠를 신기한 표정으로 바라보곤 했다. 세라한테는 아빠가 없기 때문이다.

그날 나는 세라와 같이 알로하클럽 언니들 사이에서 밥을 먹었다. 어쩌다 있는 휴일인데, 언니들은 전부 비좁은 숙소를 떠나지 않고 있었다. 언니들은 둥글게 모여앉아 카드게임을 하고, 담배를 피웠다. 작은 창문으로 담배연기가 흘러나갔다. 그들을 보니, 시청에서 정작 대책이 필요한 사람들을 부르지 않았다는 생각이 들었다. 늙은 꽃장수 할머니들과 버려진 아이들, 클럽에서 쫓겨나게 될 여자들, 불법체류자들—그들이야말로 대책회의가 필요한 사람들이었다.

어른들이 돌아온 것은 오후 어스름이 깔릴 무렵이었다. 다들 어딘지 찜찜한 표정이었다. 어른들은 더 할 얘기가 남았는지 전부 알로하클럽으로 들어갔다. 나는 세라와 같이 클럽 구석에 앉아서 아빠를 바라봤다. 아빠는 테이블의 끝자리에 앉아 있었다. 많이 지친 듯한 표정이었다. 시장 아줌마가 냉상고에서 맥주병을 꺼내왔다. 아줌마는 제일 먼저 아빠 잔에 맥주를 따랐다.

"골프장은 누구 마음대로 골프장이야?"

세탁소 아저씨가 벌컥벌컥 맥주를 들이켠 뒤, 커다란 목소리로 말했다.

"다 뜬구름 잡는 소리라고."

어른들은 한참 동안 골프장에 대한 얘기를 했다. 시청에서 미군반 환기지를 관광사업화한다는 계획을 발표했다고 했다. 휴양소, 상가, 호텔, 스포츠센터…… 그냥 골프장이 아니라 골프왕국이었다.

잭슨 할아버지가 힘없이 고개를 가로저었다.

"공동묘지에 도로를 낸다는 게…… 마음에 걸리는데."

"그럼 다른 수가 있어요?"

알로하클럽 아줌마가 낭랑한 목소리로 물었다.

"거기가 중심점이라잖아요. 제일 먼저 거기부터 뚫어야죠!"

굳은 얼굴로 앉아 있던 아빠가 자리에서 일어났다. 나는 아빠를 따라 나왔다. 우리를 쫓아오는 알로하클럽 아줌마의 시선이 느껴졌다.

아빠와 나는 나란히 집으로 걸어갔다. 간판에 불이 다 꺼져서 사방이 캄캄했다.

"아빠."

나는 조용히 아빠를 불렀다.

"진짜 공동묘지를 없애버린대요? 그럼 엄마 무덤은 어떻게 해요?"

"모르겠다…… 방법을 찾아봐야지."

"아빠가 밤마다 혼자 거기 가는 거 알아요."

아빠는 걸음을 멈추고, 나를 내려다보았다. 골목은 숨소리가 들릴 정도로 고요했다.

"왜 다른 사람들의 무덤을 아빠가 돌보고 있는 거예요?"

"네 엄마하고 그러기로 약속했으니까."

아빠는 고개를 숙이고, 속삭이듯 작은 목소리로 말했다.

"그게 네 엄마의 마지막 부탁이었어."

그때 우리는 집에 도착했고, 아빠는 앞서 계단을 올라갔다. 집으로 와서 물을 마시고 고개를 돌렸을 때, 아빠는 두 손에 얼굴을 묻고 있었다. 내가 슬플 때, 화가 날 때, 이해할 수 없을 때, 울고 싶을 때 그러듯이. 아빠의 붉은 손이 선명하게 보였다.

어른들이 시청에 다녀온 후, 골목에는 벽이 하나 생긴 것 같았다. 벽 이쪽에서는 골목을 떠날 사람들끼리, 저쪽에서는 떠나지 못하는 사람들끼리 모여 이야기를 속닥거렸다. 사실, 이 좁은 골목에 남고 싶어하는 사람은 한 명도 없었다. 미군들을 따라 남쪽으로 갈 형편이 안 되는 사람들이 있을 뿐이었다. 거기서는 뭐든지 여기보다 두 배 이상 값을 줘야 한다고 했다.

알로하클럽 아줌마는 사방을 돌아다니면서 상가니 재개발이니 하는 말을 떠들어댔다. 아줌마는 새로 생길 골프장의 주인이라도 되는 것 같았다. 골프장 이야기를 할 때마다 안경 속의 눈동자가 번뜩거렸다.

미군들이 훈련을 떠난 일주일간, 어른들은 온종일 낮잠을 자거나, 사우나를 하러 갔다. 정말이지 우리 골목은 모든 게 미군에게 달려 있었다. 아빠는 공사터에서 보내는 시간이 많아졌다. 아빠는 뙤약볕 아래 땀을 뻘뻘 흘리며 땅을 골랐다. 미세스 정은 수시로 차가운 물을 가져다놓고, 간식거리를 만들어 그늘에 두었다.

공동묘지 공사를 하게 되면, 전부 이장을 하거나 화장을 하게 될 것이다. 보통 절차가 그렇다고 양복점 할아버지가 말해주었다. 곤히 잠든 사람을 건드려도 기분이 나쁜데, 무덤을 파낸다니 정말이지 끔찍한 일이다. 아빠는 엄마를 위해 공동묘지의 무덤을 돌본다고 했다. 엄마는 대체 그 사람들과 무슨 상관이기에 그런 부탁을 한 걸까.

나는 미카네 집 앞에서 막연히 그애를 기다렸다. 저녁때가 돼서야 돌아온 미카는 나를 못 본 척하고 들어가려고 했다. 나는 그 앞을 가로막았다.

"내가 투명인간이냐?"

"비켜."

"소년체전에 못 나가는 게 그렇게 억울해?"

미카는 말없이 나를 쳐다봤다.

"도대체 뭐가 문제야?"

"뭐가 문제냐고?"

미카의 얼굴이 일그러졌다.

"전부 다 문제야! 나한테는 항상, 모든 게 다 문제야! 언제나 문제투성이였는데, 처음부터 그걸 몰랐던 네가 문제라고!"

미카는 내 팔을 붙잡아서, 옆으로 밀쳐버렸다.

"이제 나한테서 신경 꺼."

문이 쾅, 닫혔다. 나는 시큰거리는 팔을 붙잡고 집에 돌아왔다.

다음날 운동장 조회시간에 교장선생님이 마이크를 두드리더니 한 아이를 단상 앞으로 불렀다. 소년체전에 시 대표로 출전하는 수영선수였다. 미카와 같은 수영장에 다니는 그애는 단상에 올라 주먹을 쥐어 보이며 파이팅을 외쳤다. 선생님들이 신나게 박수를 쳤다. 나는 옆반의 긴 줄 끝에 나무처럼 솟아 있는 미카를 곁눈질해 보았다. 미카는 눈 한 번 깜박이지 않고 앞만 보고 있었다. 수영장에서 빠르게 물살을 헤치던 미카가 떠올랐다. 그때 미카는 말했었다. 깊은 물속에서는 누구나 똑같다고, 그래서 자기도 남들과 같이 빠르게 나아갈 수 있다고.

조회가 끝난 뒤, 미카는 패거리들과 뭉쳐 교실로 돌아갔다. 그 패거리들은 뭐든지 같이하고, 같이 움직였다. 작은 물고기들이 모여서 거대한 물고기 형상을 이루고 다니는 것 같았다. 미카는 그 속으로 몸을 숨기고, 멀리멀리 사라져갔다.

레스토랑에서 점심을 먹고 있는데 양복점 할아버지가 유리창을 두드리고 나를 불렀다.

"티셔츠 다 만들었다!"

나는 할아버지한테서 손바닥만한 티셔츠를 건네받았다. 노란색 천에, 내가 좋아하는 기린과 무지개, 나무 그림이 그려져 있었다.

"나중에 여기다 아기 이름을 새겨주마."

무지개 너머 하얀 구름을 가리켜 보이며 할아버지가 말했다.

나는 티셔츠를 빨리 타샤에게 보여주고 싶었지만 타샤는 전화를 받지 않았다. 타샤는 요즘 케빈이 무섭다고 집에 잘 들어가지 않았다. 임신을 알게 된 케빈이 점점 더 난폭하게 굴었기 때문이다. 그가 혼자서 조용히 미국으로 떠났으면 좋겠다. 골목에서는 드문 일도 아니었으니까. 얼마 뒤 정말 그런 일이 일어났지만, 나는 조금도 기뻐할 수 없었다.

그날 저녁 타샤와 나는 집에서 DVD를 볼 계획이었다. 나는 잭슨 할아버지의 악기점에서 타샤를 기다리고 있었다. 잭슨 할아버지는 악기를 사러 온 미군들 앞에서 트롬본 연주까지 해 보였지만, 박수만 받고 악기는 팔지 못했다. 미군들이 돌아간 뒤, 할아버지는 숨이 차서 한참 동안 등을 구부리고 앉아 있어야 했다. 할아버지는 웃으면서 "나도 이제 다 됐다"고 말했다. 해마처럼 등을 구부리고 그런 얘길 하니까 하나도 우습지가 않았다.

약속시간이 한참 지나도록 타샤는 나타나지 않았다. 라디오에서 〈sing sing sing〉이 나오자, 잭슨 할아버지는 볼륨을 크게 키웠다.

"미카가 좋아하는 노래다."

할아버지는 저녁 내내 콜록거리며 기침을 해댔다.

집에 돌아온 나는 잠옷으로 갈아입고, 한번 더 타샤에게 전화를 걸어보았다. 지루한 신호음이 길게 이어졌다. 하품을 하면서 수화기를 내려놓으려고 하는데, 갑자기 누군가 전화를 받았다. 바람소리, 그리고 이어지는 신음소리. 분명, 타샤의 음성이었다. 나는 곧장 운동화를 꿰어신고 집을 뛰쳐나갔다.

타샤의 집 철문은 단단히 잠겨 있었다. 안에서 희미하게 음악소리가 새어나왔다. 창문은 굳게 잠겨 있었다. 불이 켜져 있는지 유리창 안이 부옜다.

"타샤! 타샤!"

두려움에 숨이 막힐 것 같았다. 나는 주먹으로 온 힘을 다해 철문을 두드렸다. 다급하게 외치는 내 소리를 듣고, 옆집 아저씨가 나와서 무슨 일이냐고 물었다.

창문을 뜯고 들어갔을 때, 타샤는 방바닥에 정신을 잃고 쓰러져 있었다. 필은 반내편으로 뒤틀려 있고, 익사한 사람처럼 얼굴이 퉁퉁 부어올라 알아볼 수 없을 정도였다. 옷장 문이 활짝 열려 있었고, 방바닥엔 옷가지들이 뒤엉킨 채 늘어져 있었다.

병원에 도착한 존 목사님을 보고서야 비로소 눈물이 터져나왔다. 타샤는 수술실에 들어갈 때까지도 의식을 회복하지 못했다. 수술실에서 나온 의사선생님이 목사님을 불렀다. 어두운 표정이었다. 나는 목사님 옆으로 바짝 다가섰다.

"환자는 괜찮을 겁니다."

오른팔이 부러지고 콧대가 내려앉았지만, 시간이 지나면 회복할 수 있는 상처라고 했다.

"유감이지만 아기는……"

순간 귓가가 멍해졌다. 사람들의 발소리, 울음소리, 수술대의 바퀴 소리가 웅웅 울렸다. 나는 목사님의 손을 꽉 잡았다. 세상이 기우뚱, 기울어졌다.

자정에 잠시 눈을 뜬 타샤는 텅 빈 눈으로 주위를 둘러보고, 까무룩 다시 잠이 들었다. 욜리가 아이들을 데리고 타샤를 돌보러 왔다. 아빠가 병실에 들어섰을 때, 나는 보조의자에 앉은 채 졸고 있었다. 나는 아빠를 따라 병원을 나섰다. 밤하늘에 검은 구름이 보였다.

집으로 돌아와선, 옷도 갈아입지 않고 곧장 침대 위로 쓰러졌다. 밤새 얇은 잠을 자다 깨기를 반복하다가, 새벽녘 아빠가 레스토랑으로 내려가는 소리를 듣고 몸을 일으켰다. 나는 가방에 필요한 것들을 모두 챙겨넣었다. 계단을 내려가 부엌에 선 아빠의 뒷모습을 보고, 문을 열었다.

숲속의 공기는 파랬다. 공동묘지에 도착한 나는 수풀을 헤치고 들어가서, 쓰러진 나무 앞에 섰다. 가방을 열고, 아직 이름을 쓰지 못한 아기의 티셔츠를 꺼냈다. 나는 두 개의 구덩이를 팠다. 한 구덩이에는 티셔츠를 묻고, 다른 구덩이에는 장미가지 하나를 심었다. 조금씩 햇살이 들기 시작하고 있었다. 나는 맨손으로 흙을 덮고 두드려 다진 다음 주위를 둘러보았다. 빽빽이 들어선 수백 개의 무덤. 이름도 없고, 찾아오는 사람도 없는 버려진 무덤들.

여기 길을 내서는 안 된다.

순간 날카로운 것에 찔린 것처럼 아프게, 그런 생각이 들었다. 아무도 이곳을 건드려서는 안 된다. 누구도, 어떤 이유로도 이 땅을 이용해서는 안 된다. 이 땅을 뒤집어서는 안 된다. 이 위에 자동차들이 달려다니는 길을 내서는 안 된다. 그런 사람들이 있다면, 막아야 한다. 어떻게든 막아야 한다. 그때, 내가 심은 장미가지가 눈에 들어왔다. 무덤 사이에 핀 노란색 장미꽃.

언젠가 잭슨 할아버지가 미카와 내게 들려준 꿈에 대한 이야기가 떠올랐다.

"처음 제이제이 존슨의 트롬본 연주를 들었을 때 말이다. 명치끝이 아파서 며칠간 숨도 제대로 쉴 수 없었거든." 할아버지는 그때를 떠올리듯 미소지었다. "꿈에 대해 물을 건 하나뿐이란다." 잭슨 할아버지는 미카의 가슴 한가운데를 손가락으로 눌렀다. "그것이······ 나를 얼마나 아프게 하는가. 얼마나 많이, 아프게 하는가."

12

삽 끝에 뭔가가 부딪쳤다. 허리를 숙이고 삽 끝이 닿은 곳의 흙을 털어내자 땅속 깊이 박힌 돌덩이가 드러났다. 여기는 틀렸다. 파다 만 구덩이를 흙으로 덮어버리고 옆에 주저앉았다. 아침부터 장미묘목을 열일곱 그루 심었으니, 구덩이를 열일곱 개 판 셈이었다. 온몸이 햇볕에 그대로 녹아버릴 것 같았다.

미세스 정은 매해 장미묘목을 심을 때마다 흙이 제일 중요하다고 말했다. '흙은 나무의 집과 같다' '구덩이는 깊이 파는 게 좋다' '뿌리가 편안히 뻗어나갈 수 있도록 충분한 공간을 만들어줘야 한다' 하지만 정말 쉬운 일이 아니었다. 한 그루 정도라면, 쉬엄쉬엄 콧노래를 부르면서 삽질을 하고, 잠깐 쉬면서 샌드위치를 먹고, 주위의 경치를 구경할 수도 있다. 하지만 하루에 열일곱 그루라면, 이야기가 달라진다. 미친 사람처럼 구덩이를 파고, 또 메워야 한다. 숲에서 내려오다 개울물을 내려다보면, 초점 잃은 눈동자에 머리카락이 헝클어진 여자애가 삽을 들고 서 있었다. 놀라서 비명을 지를 뻔한 적이 한두 번이 아니었다.

나는 한 달 전부터, 공동묘지 주변에 장미묘목을 심기 시작했다. 매일 어깨가 떨어져나갔다가 다시 돋아나고, 또다시 떨어져나갔다가 돋아났다. 다 때려치우고 싶은 마음이 들 때도 있었다. 그래도 삽질은 멈추지 않았다 구덩이는 깊을수록 좋다, 더 깊이, 더, 디, 더. 그러다보면 땀이 뚝뚝 흘렀고, 심장 박동이 빨라졌고, 손바닥이 쓰린 느낌과 함께 피가 날 때도 있었다.

내가 심은 장미묘목은 상태가 별로 좋지 않았다. 물기가 돌면서 싹을 틔우는 묘목은 절반뿐이었다. 그래도 푸른 잎을 보면 뿌듯한 마음이 들었다. 도둑질도 자꾸 하면 아무렇지 않다더니 정말 그랬다.

나는 미세스 정의 텃밭 창고에서 장미묘목을 훔쳐왔다. 미세스 정은 매해 장미묘목을 키워서 화원에 내다팔았기 때문에 각종 종자를 구비하고 있었다. 봄에 파는 묘목은 벌써 화원으로 넘겼고, 창고에 남은 묘목은 가을에 넘길 것들이었다.

아빠가 공사터에 나가면, 미세스 정은 내내 그 옆을 서성거리느라 다른 일을 못 했다. 그때가 제일 좋은 기회였다. 미세스 정은 오래전에 내게 창고의 열쇠 두는 곳을 알려줬다. 나는 한 달 내내 생쥐처럼 창고를 드나들면서 장미를 훔쳐냈다.

그곳은 공기의 층마다 다른 장미 향기가 났다. 창고 가운데에는 작은 테이블이 있고, 구석에 간이형 침대도 있었다. 비닐로 막아놓은 안쪽으로 들어가면 일렬로 늘어선 장미묘목들이 보였다. 나는 커다란 배낭에 서둘러 묘목을 챙겨넣었다. 배낭을 메고 숲으로 올라갈 때면, 늘 미카 생각이 났다. 예전에 무슨 일을 꾸밀 때면 늘 둘이 함께였는데. 도둑질만큼 외로운 일도 없는 것 같다. 매순간 스스로를 다독여야 했다.

타샤는 병원에서 퇴원한 뒤, 게스트하우스의 빈방으로 들어왔다. 그간 케빈은 안전하게 출국을 마친 상태였다. 케빈의 폭행을 신고하러 미군부대에 갔을 때, 미군 경찰들은 타샤의 이야기를 듣더니 태연하게 웃으면서 그런 건 자기들 담당이 아니라고 말했다. 멀찌감치 새하얀 축구복을 입은 미군 자녀들이 줄지어 걸어가고 있었다. 골목에서 일어나는 일과 상관없이, 언제나 부대 안쪽은 평화로웠다. 그곳은 놀랍게도 영화에서나 봤던 미국의 교외 마을과 똑같은 형상이었다. 색색의 지붕을 얹은 주택과 나무로 만든 울타리, 잔디밭, 학교들. 그에 비하면 우리 골목은 판자로 세운 임시촌에 다름없었다. 그곳에 잠시 와 있었던 것은 그들이 아니라 우리였던 것이다.

타샤는 한 달 내내 입을 열지 않았다. 멍하니 천장을 바라보고, 밥을 먹고, 잠만 잤다. 끔찍하게 부어올랐던 얼굴만 조금씩 원래의 모습으로 돌아오고 있었다. 그사이 여름이 가까워, 한낮이면 방 안 가득 따뜻한 볕이 들어왔다. 어느 날 오전, 타샤는 창밖을 바라보다가 자그마한 목소리로 내게 물었다.

"내 가방 어디 있어?"

가방 안에는 벗어놓은 더러운 옷들이 가득했다. 검붉은 피가 묻은 것도 있었다. 타샤는 그 옷을 전부 빨래바구니에 넣고, 천천히 옥상으로 올라갔다. 그곳에 손님용 세탁기가 있었다.

세제를 넣고 세탁기를 작동시키자, 묵직한 소리가 났다. 잠시 그 세탁기 속 물살을 지켜보고 있던 타샤는 목에 감고 있던 손수건까지 풀어서, 그 안에 넣어버렸다. 빨래가 다 될 때까지 타샤는 의자에 앉아서 하늘을 바라보았다.

그날, 러시아 여자 두 명이 아빠를 찾아와서 러시아식 꼬치요리인 사실릭과 흑빵을 주문했다. 이틀 후에 게스트하우스에서 파티를 할 거라고 했다. '페테르부르크'는 골목 안 러시아 여자들의 모임인데, 철마다 모여 정보를 나누고 회비를 걷어 동료를 돕곤 했다. 이번에는 그 동료가 타샤인 모양이었다. 아빠는 커다란 통에 고기를 가득 재워놓고, 오후에 공사터로 나갔다.

아빠는 벌써 몇 달째 공사터에서 일을 하고 있었지만, 내 눈에는 별다른 변화가 보이지 않았다. 공사장비도 없는 허허벌판에 숲에서 가져온 흙과 모래가 전부였다. 그것으로 집을 짓는다니, 영 믿기지가 않았다. 미세스 정은 원래 건물이란 게 그렇다고 했다. 하지만 바닥을 닦고 나면 올라가는 건 순식간이라고.

날씨가 완전히 따뜻해져서, 붉은 장미덤불 사이를 지나갈 때마다 향기가 진동했다. 벌과 나비가 여기저기서 모여들었다. 미세스 정은 '페테르부르크'의 모임 이야기를 듣고, 밭에서 제일 먼저 봉우리를 틔운 분홍색 장미를 한 아름 안겨줬다. 꽃을 들고 집에 오자, 타샤가 모임을 옥상에서 했으면 좋겠다고 했다. 때마침 타샤를 보러 왔던 욜리가 장미 손질을 도와주었다. 욜리는 몇 년 새 안쓰러울 정도로 야위었다. 그녀는 바싹 마른 입술을 움직여서, 위장결혼을 할 생각이라고 말했다. 브로커에게 오백만원만 가져다주면, 노숙자와의 위장결혼이 일사천리로 진행된다는 것이었다. 오백만원, 이라고 이야기할 때 욜리의 검은 눈가가 실룩거렸다. 내가 부자라면 좋을 텐데. 그러면 제일 먼저 욜리한테 오백만원을 주고, 타샤와 러시아 여행을 다녀오고, 미카에게는 수영장을 통째로 사줄 수 있을 텐데. 그리고 골목에 더이상 발 디딜 틈이 없도록 장미를 심을 텐데. 욜리는 자잘한 크기의 장미로 내게 작은 화환을 만들어주었다. 그녀의 고향에서는 결혼식 때 신부가 직접 만든 화환을 쓴다고 했다. 거울을 본 나는 왠지 쑥스러운 기분이 들어 화환을 내 방으로 가져가서 벽에 걸어두었다.

아빠는 오후에 옥상으로 올라왔다. 그릴 위에 돼지고기 꼬치를 올리자, 옥상 가득 맛있는 냄새가 퍼졌다. 길가의 개들이 위쪽을 보고 컹컹 짖어댔다. 나는 주먹만한 흑빵을 바구니에 담았다. 곧 손님들이 하나둘 옥상에 도착했다.

타샤는 여자들과 손을 잡고, 뺨을 비비며 인사했다. 그들의 위로에 고개를 끄덕이고, 조금 웃어 보이기도 했다. 하지만 아이에 대해 이야기를 꺼내는 이는 단 한 명도 없었다.

차린 음식도, 신나는 음악도 없는 파티였지만, 날씨가 정말 화창했다. 여기저기서 쫀득쫀득한 러시아어가 들렸다. 이야기 사이사이 자그마한 웃음소리가 들렸다. 여자들은 분홍색 장미꽃에 얼굴을 묻고 그 향기를 맡았다.

클럽 영업을 시작할 시간이 되자, 여자들은 하나둘 자리에서 일어났다. 주위가 어두워질 무렵 옥상에는 타샤와 나, 둘만 남았다. 타샤는 난간 앞에 서서 아래를 내려다보고 있었다. 괜히 불안한 마음이 들어서 타샤의 옷자락을 붙잡았다.

"저 바깥에도 길이 있네."

타샤가 말했다. 골목길을 지나 한참 걸어가면 논밭이 나오고, 공단지대가 나왔다. 타샤는 그 너머 어둠 속을 바라보고 있었다. 멀리서 별인지 불빛인지 모를 것이 깜빡거렸다. 골목 안쪽에서 미군들을 부르는 필리핀 언니들의 목소리가 들렸다.

며칠 뒤, 학교에서 돌아오는 길에 익숙한 등짝이 보였다. 미카였다. 골목에서 학교로 이어지는 길, 주위에 다른 애들은 한 명도 없었다. 조용히 뒷걸음질치려는데, 미카가 흘긋 뒤를 돌아보았다. 순간 팔다리가 얼음처럼 굳어버렸다. 미카는 자라목이 된 나를 잠시 바라보고는, 다시 고개를 돌렸다.

네가 문제야, 소리를 질렀던 미카의 일그러진 얼굴이 떠올랐다. 그날 이후 미카가 완전히 다른 사람처럼 느껴졌다. 우리는 몇 년간 늘 함께였던 그 길을 서로 거리를 두고 걸어갔다. 마음 한구석이 따끔거렸다.

골목에 들어서자마자, 커다란 트럭이 눈에 들어왔다. 인부 아저씨들이 피자집에서 오븐을 옮기고 있었다. 가슴이 덜컥 내려앉았다. 피자집은 오랫동안 우리 레스토랑과 라이벌이었다. 주인아저씨가 직접 반죽해서 만든 피자가 워낙 맛있어서, 미군들이 늘 줄을 서는 곳이었다. 피자집은 미군부대를 쫓아 이사를 가는 것이 아니라, 서울의 한 대학가로 간다고 했다. 이삿짐을 실은 트럭이 출발하자, 뒷자리에 앉은 필리핀 종업원 두 명이 손을 흔들었다. 필리피나는 바깥을 한번 내다보지도 않았다.

한 달 동안 매주 오백여 명의 미군을 태운 트럭이 줄줄이 빠져나 갔다. 주말에도 골목을 내다보면 한산한 느낌이 들었다. 레스토랑에 서는 누구도 더이상 차례를 기다리지 않았다. 필리피나는 하릴없이 빈 테이블에 앉아 있곤 했다.

제대를 앞둔 에드는 필리피나에게 몇 번이나 프러포즈를 했다. 케이크 안에 반지도 넣어봤고, 땅바닥에 무릎도 꿇어봤고, 촛불로 하트 모양도 만들어봤다. 필리피나는 매번 그 자리에서 고개를 가 로저었다. 이유를 물으면, 자기 어머니에게 팔이 하나밖에 없기 때 문이라고 대답했다.

필리피나는 필리핀의 미군 기지촌에서 태어났다. 미군이었던 아 버지는 술만 마시면 칼을 휘둘러댔다고 한다. "그런 인간 있잖아, 너무 뻔해서 더이상 말할 가치도 없는 쓰레기들."

필리피나는 레스토랑에서 버는 돈을 거의 다 집으로 부쳤다. 옷 을 사입지도 않았고, 반짝거리는 귀고리를 달지도 않았다. 외팔인 어머니와 네 명의 동생이 그녀의 돈을 기다리고 있었다.

앞머리가 휑하긴 해도, 에드는 좋은 사람이었다. 매일 아침 필리 피나를 레스토랑에 데려다주고, 퇴근 후엔 그녀 대신 그릇을 닦았 다. 필리피나가 감기에 걸렸을 땐 그녀의 커다란 엉덩이를 떠받치 고, 빙판길을 달려갔다. 에드가 꿈꾸는 미래는 그녀와 함께 포틀랜 드의 낡은 집으로 돌아가서 하루하루를 조용히 살아가는 것이었다.

필리피나가 프러포즈를 세번째 거절했을 때, 에드는 레스토랑의 계단에 주저앉아서 머리카락을 쥐어뜯었다. "그녀는 나를 사랑하지 않나봐." 필리피나가 사랑할 수 없었던 것은 에드가 아니라 아버지,

미군, 미국이었다. 에드는 당연히, 그 사실을 알 리 없었다.

오후에 알로하클럽 아줌마가 아빠를 찾아와서, 도로 공사에 대해 얘기하는 것을 들었다. 그 도로는 숲을 관통해서 서울과 남쪽 지역을 연결한다고 했다. 아줌마는 아빠가 이사를 가지 않을 거라는 걸 진작 눈치채고, 그때부터 우리가 한 팀이라도 되는 것처럼 굴었다. 주머니에서 손을 꺼내놓으면 당장 하이파이브라도 할 기세였다.

공사 이야기에 아빠의 얼굴이 굳어졌다. 나는 조용히 레스토랑을 빠져나왔다. 지역과 지역을 잇는 도로라니 —처음 묘목을 심기 시작할 땐 모든 게 간단해 보였다. 공동묘지에서 비싼 신품종 장미가 자라나면, 누구도 땅을 들어내지 못할 거라는 생각이었다. 누구든 비싼 걸 좋아하니까. 하지만 그렇게 광대한 도로라면 장미나무와는 비교가 되지 않을 것이었다. 게다가 내가 심은 묘목은 너무 시들시들해서 가루받이를 하지도 못할 지경이었다. 장미묘목을 더 훔쳐야 했다.

13

흰 구름 흘러가는 하늘은 바다
바다 위로 노 저어 가는 돛단배
구름 배를 타고서 하늘을 가면
꿈꾸던 내 마음도 볼 수 있을까
흰 구름 흘러가는 하늘은 바다

죽은 자는 말이 없다. 무덤을 전부 다 헤집어버리고 그 위에 초록의 인공잔디를 덮는다고 해도, 공동묘지의 정령들은 분란을 일으키지 못한다. 양복점 할아버지는 젯밥을 못 먹은 귀신들이라 힘을 쓰지 못하는 거라고 했다. 귀신에게도 관심과 사랑이 필요한가보다.

텃밭 근처에 갔을 때, 왁자한 이야기 소리가 들렸다. 꽃장수 할머니들이 와 있었다. 그중 비비안 할머니가 나를 보곤 손을 번쩍 들었다.

"선희야!"

비비안 할머니는 미세스 정보다 나이가 많았는데, 미세스 정을 꼭 언니라고 불렀다. 두 사람은 예전에 같은 클럽에서 일했다고 한다. 미세스 정은 골목 안 열댓 명이 넘는 꽃장수 할머니들과 무척 가깝게 지냈다.

왕년의 클럽걸이었던 꽃장수 할머니들은 골목을 돌아다니면서 미군들에게 꽃을 팔았다. 여자들이랑 같이 있는 미군을 찾아, 그 앞에 꽃을 들이미는 것이다. 할머니들은 미군들이 지갑을 열 때까지 절대로 팔을 거두지 않았다. 누구든 걸려들면, 빠져나갈 수 없었다.

꽃장수 할머니들은 밭에서 장미를 공짜로 가져가는 대신, 종종 텃밭에 와서 일을 도왔다. 그날은 가루받이를 한다고 했다. 미세스 정이 작은 붓으로 어미나무에 꽃가루를 옮기면, 꽃장수 할머니들이 종이깔때기를 씌웠다. 할머니들은 흰 장갑을 끼고 장미꽃 사이를 지나다니면서 방세, 라면값, 담뱃값 이야기를 하고 있었다. 미군들이 줄어들면서 영 꽃이 안 팔린다고 했다. 할머니들은 누워서 양팔을 벌리면 벽에 손이 닿을락 말락 한 쪽방에서 살았다.

〈바람과 함께 사라지다〉의 왕팬인 비비안 할머니는 밭에서 시도 때도 없이 립스틱을 꺼내 발랐다. 나는 할머니의 쭈글쭈글한 입술을 바라보았다.

"할머니는 왜 결혼을 안 했어요?"

비비안 할머니가 슬쩍 나를 쳐다보았다.

"왜? 네가 시집보내주려고?"

"그럼 꽃을 안 팔아도 살 수 있잖아요."

"인생이 자기 맘대로 풀리는 거라든?"

비비안 할머니는 피식 웃었다.

"한번 꽃을 파는 길로 접어들면 어쩔 수 없어. 이것 말고는 할 줄 아는 것도 없고."

"할머니는 젊었을 때부터 꽃을 팔았어요?"

"……그랬지."

미세스 정은 차가운 물에 미숫가루를 타왔다. 꽃장수 할머니들은 단숨에 미숫가루를 들이켰다. 유리잔에 분홍색 연지가 묻어났다.

바람이 불자, 제대로 씌우지 않은 깔때기들이 날아가버렸다. 뚱뚱한 할머니 한 분이 그것을 잡으려고 뛰어갔다. 할머니의 커다란 엉덩이가 출렁출렁거렸다. 할머니들은 한바탕 크게 웃었다. 나도 웃었다.

그날, 잭슨 할아버지의 악기점에 도둑이 들었다. 할아버지가 소파에서 잠깐 눈을 붙인 사이 돈을 넣어두는 양철금고가 없어진 것이다. 쇼윈도의 전자기타 두 대, 벽에 걸려 있던 트롬본도 사라졌다.

"미군들 장난이지 뭐."

양복점 할아버지가 혀를 끌끌 차며 말했다.

잭슨 할아버지는 축 처진 눈으로 트롬본이 걸려 있던 자리를 더듬었다. 쥐색 점퍼를 입은 경찰은 뒷짐을 지고 주위를 둘러본 후에 가게를 떠났다. 우리 골목에서 경찰이 문제를 해결하는 일은 거의 없었다.

"보험도 안 들어놨어?"

양복점 할아버지가 팔짱을 끼고 물었다.

"이제 그만 가주게. 나는 좀 쉬어야겠어."

잭슨 할아버지가 자그마한 목소리로 말했다.

집에 돌아온 나는 우체통을 열어보고, 텅 빈 것을 확인한 후 괜히 헛기침을 했다. 처음부터 기대는 없었다. 필리피나 말대로 쓰레기통에 처박히지나 않으면 다행이지, 답장 따위는 바라지도 않았다. 그래도 미국으로 편지를 열일곱 통이나 보내놓고 나니까, 은근히 우편함이 신경이 쓰였다. 텔레비전을 보면 유명한 사람들이 시한부 소녀들을 찾아오기도 하던데, 불치병에 걸렸다고 거짓말을 할걸 그랬나, 뒤늦게 후회도 했다. 어쨌든 답장은 없었다.

답답한 마음에 점심을 굶고 묘목을 심으러 숲으로 올라갔다. 배낭 안에는 훔친 묘목 세 그루가 들어 있었다. 공동묘지 입구 가까이 다가가니, 둔탁한 마찰음이 들렸다. 그늘진 곳에 몰려 선 사람들이 보였다.

미카와 패거리들이었다.

처음엔 그애들이 싸움을 하고 있는 줄 알았다. 거친 숨소리, 금속성이 부딪히는 소리가 들렸다. 패거리의 손마다 망치가 들려 있었다. 그들은 잭슨 할아버지의 금고를 깨부수고 있었다. 나는 재빨리 나무 뒤로 몸을 숨겼다. 그때, 불현듯 미카가 고개를 돌려, 정확히 나를 바라보았다. 우리의 눈이 칼날처럼 마주쳤다.

"야, 넌 뭐해!"

금고를 바위에 내리치던 패거리 중 한 명이 미카에게 소리를 질렀다. 미카의 어깨가 움찔했다. 한순간 숲이 고요해졌다. 패거리들은 전부 미카를 보고 있었다.

미카는 허리를 굽혀 커다란 돌을 들어올렸다. 하지 마, 나는 그렇게 중얼거렸다. 미카는 잠시 주춤했다. 잠시 후, 날카로운 금속성의 소리가 이어졌다. 미카는 돌을 금고 위에 내리쳤다. 금고를 내리치고, 또 내리쳤다. 마치 자기 자신을 내던지듯, 그렇게 하면 부서질 수 있다는 듯, 사라질 수 있다는 듯…… 미카는 온 힘을 다해 그것을 집어던졌다. 깨진 금고에서 지폐가 새어나왔다.

패거리들이 '작업'을 다 끝낸 뒤 숲을 내려갈 때, 미카는 꼼짝하지 않고 그 자리에 서 있었다. 미카는 그곳에 혼자 남겨졌다.

미카한테 다가갈 수도 있었고, 숲을 내려갈 수도 있었다. 하지만 나는 어디로도 가지 않았다. 공동묘지에 가서, 구덩이를 팠다. 어제 훔쳐온 묘목은 오늘 심어야 한다. 하루가 지나면 묘목이 말라버린다. 생각은 나중에 할 수 있지만, 장미묘목은 지금 심지 않으면 안 된다. 나는 삽자루를 흙 속으로 밀어넣고, 또 밀어넣었다. 땀방울이 뚝뚝 떨어졌다. 깊은 구덩이 속에, 훔쳐온 비료를 넣고, 묘목을 심고, 두둑이 흙을 덮었다. 이제 더이상, 이 일은 내 선택이 아니었다.

집에 돌아와보니, 젖은 손은 온통 흙투성이였다. 갑자기 허기가 몰아닥쳤다. 레스토랑으로 내려가서 필리피나한테 치즈버거를 만들어달라고 했다. 빵이 내 얼굴만하고, 쇠고기 패티가 두 장 들어가고, 노란색 치즈가 끈적거리는 슈퍼사이즈 치즈버거. 필리피나는 허리에 손을 올리고, 내가 꾸역꾸역 햄버거를 입안으로 밀어넣는 모습을 지켜보았다. 나는 숨도 쉬지 않고 햄버거를 먹었다. 다 씹지 않은 빵덩어리가 아프게 목을 타고 내려갔다. 햄버거를 삼키고, 또 삼키는데, 갑자기 필리피나가 손목을 잡아챘다.

"그만해."

갑자기 속이 울렁거려서, 나는 화장실로 달려갔다.

악기점은 며칠째 문을 열지 않았다. 잭슨 할아버지는 독감에 걸렸다고 했다. 양복점 할아버지가 잭슨 할아버지네 집을 오가며 죽을 끓여주었다. 나도 한번 그 집에 가서 죽을 얻어먹었다. 잭슨 할아버지의 얼굴은 그간 반쪽이 되어 있었다. 미세스 정은 쿠션처럼 만든 장미포푸리를 선물했다. 잭슨 할아버지는 지친 몸을 일으켜 포푸리 향기를 맡고는, 미소지었다.

"미카는 요즘 잘 지내니?"

잭슨 할아버지가 문득 생각났다는 듯 물었다.

"몰라요."

순간, 잭슨 할아버지에게 전부 다 이야기하고 싶었다. 일이 이렇게 된 건 다 미카 때문이라고. 할아버지가 천사라고 불렀던 그애가 패거리들이랑 같이 악기를 훔치고, 금고를 부숴버렸다고. 하지만 이야기할 수 없었다. 잭슨 할아버지가 실망하는 모습을 보는 게 두려웠다.

그날 저녁, 잭슨 할아버지는 펭귄 브라더스의 모임에 초대를 받고 레스토랑에 왔다. 할아버지는 악기점을 운영하면서 여러 미군 밴드와 각별한 관계를 맺었는데, 그중 제일 유명한 팀이 펭귄 브라더스였다. 부대 안의 아마추어 금관악기 동호회인 펭귄 브라더스는 연주가 있을 때마다 검정색 연미복을 맞춰 입었다.

그날은 펭귄 브라더스의 마지막 모임이었다. 팀원의 절반이 미국으로 돌아가고, 절반이 남쪽 기지로 이전하면서 모임을 해체하게 된 것이다. 열두 명의 팀원들은 레스토랑에서 마지막 식사를 하고, 마지막 연주를 했다. 트럼펫, 트롬본, 클라리넷 소리가 골목 구석구석 커다랗게 울렸다. 단장인 흑인 아저씨는 통소주를 사와서 체리 주스와 섞어, 칵테일이라고 돌렸다. 그날 그들은 잭슨 할아버지에게 커다란 선물상자를 주고 갔다. 상자를 열어본 할아버지는 한동안 아무 말도 하지 못했다. 상자 안에 든 것은 검정색 연미복이었다.

미군들은 빠르게 골목을 떠났다. 어떤 미군들은 트럭 뒤에서 퍼레이드를 하듯 손을 흔들고, 환호성을 질렀다. 떠나는 미군들을 보고 있으면, 애초에 그들은 왜 여길 왔던 걸까 의문이 들었다.

부대 안의 기술자들이 무더기로 떨려나오면서, 전학을 가는 애들이 늘어났다. 부반장이 전학을 가던 날, 그애랑 친한 미화부장은 하루 종일 엎드려서 대성통곡을 했다. 둘은 똑같은 머리띠를 하고, 똑같은 신발을 신고 다녔다. 부반장네 아빠는 부대 안 안경점에서 일했는데, 하루아침에 안경점이 문을 닫았다고 했다. 둘이 하루 종일 얼마나 울어대는지, 귓속이 쟁쟁거릴 정도였다.

나는 그애들의 입을 틀어막고 싶었다. 둘이 평생 헤어지지 않을 줄 알았냐고 되묻고 싶었다. 세상은 아름답지도 않고, 영원하지도 않다. 무엇보다 세상은 정당하지 않다. 하지만 내가 그것을 바꿀 수는 없다고 해도, 촌스럽게 울부짖는 일만은 피하고 싶었다. 그것만이 내가 선택할 수 있는 것이니까.

쓰레기봉투를 버리러 나왔을 때, 운동장 계단에 앉아 있는 미카를 봤다. 금고를 깨부순 후 미카는 패거리로부터 내쳐졌다. 어쩌면 처음부터 이럴 계획으로 미카를 받아들였던 건지도 몰랐다. 어느 순간부터 미카 대신, 얼굴빛이 새하얀 뱀같이 생긴 남자애가 무리에 끼었다. 미카가 우스운 꼴이 된 건 순식간이었다. 패거리들은 미카가 지나갈 때마다 욕설을 내뱉었다. 어떤 때는 빈 깡통 같은 것을 집어던지기도 했다. 모두들 패거리를 무서워했기 때문에 누구도 미카한테 말을 걸지 않았다. 나는 운동장을 가로질러 걸어가는 동안 한 번도 미카 쪽을 쳐다보지 않았다. 쓰레기봉투를 수거함에 버리고 돌아섰을 때, 운동장 계단은 텅 비어 있었다.

그날 미술시간에는 슬라이드로 그림을 감상했다. 나는 대부분의 그림이 마음에 들었지만, 추상화에는 도저히 호응할 수 없었다. 선생님은 추상화가 우리에게 새로운 시각을 갖게 해준다고 했지만, 그런 식으로라면 교탁 위의 분필만 오래 쳐다봐도 새로운 시각이 생긴다고 하겠다. 물감을 흩뿌린 그림이나 형체를 알아볼 수 없게 짓뭉갠 그림이나 엉터리 장난으로밖에 보이지 않았다. 우리 레스토랑에 있는 바보 같은 모작들이 훨씬 더 좋은 그림이라는 생각이 들었다.

다음날 미화부장은 교실로 들어와 책상에 가방을 내려놓았다. 늘하고 다니던 머리띠 대신 머리카락을 단단히 하나로 묶은 미화부장은 다른 여자애들이 모인 자리로 다가갔다. 곧 그애들이 깔깔거리고 웃는 소리가 들렸다. 나는 턱을 괴고 창밖을 바라보았다. 아침부터 햇살이 뜨거웠다.

쉬는 시간에 복도에서 갑자기 와, 하는 소리가 났다. 밖으로 나가봤더니 미카가 남자화장실에서 물을 뚝뚝 흘리며 걸어나오고 있었다. 구정물 냄새에, 아이들 모두 코를 움켜쥐었다. 패거리들이 히죽거리면서 화장실 입구를 둘러싸고 있었다. 미카는 막 바다에서 나온 사람처럼 물을 뚝뚝 흘리면서 복도 끝으로 걸어갔다. 꼴좋다, 꼴좋아. 그렇게 생각했지만, 도저히 그 꼴을 볼 수가 없어서, 나는 고개를 숙여버렸다.

수업이 끝난 후, 나는 전날 물에 담가놓은 장미묘목을 챙겨서 숲으로 올라갔다. 며칠 전부터 정해놓은 자리에 구멍을 파서 물을 흘려봤다. 두 시간쯤 후에 물이 흙 속으로 스며들면 낙점이었다. 장미묘목을 몇 그루 죽이고 나서야, 땅을 고르는 일이 얼마나 중요한지 알게 됐다. 햇빛이 적거나, 물이 잘 빠지지 않으면 아무리 튼튼한 묘목이라도 제대로 뿌리를 내리지 못했다.

그간 심은 장미묘목은 공동묘지 전체 둘레의 십 퍼센트도 되지 않았다. 내가 꿈꾸는 그림은 그 묘목들이 서로 적당한 거리를 유지하면서, 빈틈없이 촘촘하게, 공동묘지 주변을 빙 둘러싸는 것이었다. 꽃의 스크럼—럭비선수들이 어깨를 맞대고 서 있는 것처럼 말이다. 하지만 내가 심은 장미묘목은 하나같이 시들시들했다.

묘목을 심는 일이 즐거웠던 적은 거의 없었다. 그 시간이 기다려진다거나, 흙을 만지면 콧노래가 나온다거나, 숲을 향해 올라가면 마음이 설렌다거나, 장미가 대단하게 느껴진 적도 없었다. 나는 그 일을 즐길 수가 없었다.

미세스 정의 텃밭에서 장미를 볼 때와는 달랐다. 그때의 장미는 마냥 아름답고 향기로운 꽃이었다. 하지만 지금은 가슴을 조이며 훔쳐내야 하는 장미, 어깨에 지고 숲으로 올라가야 하는 장미, 손상된 뿌리를 잘라내줘야 하는 장미, 구덩이를 파서 넣어줘야 하는 장미, 비료를 듬뿍 넣어줘야 하는 장미, 쓰러지지 않도록 흙을 두툼히 덮어줘야 하는 장미, 물을 주고, 또 주고, 며칠 동안 숨을 죽이고 지켜봐야 하는 장미였다. 장미는 내 삶의 중심, 그리고 괴로움의 중심이 되었다.

집에 도착했을 때, 그림자 속에 앉아 있던 누군가가 일어섰다. 미카였다. 막 샤워를 하고 나왔는지 샴푸 냄새가 났다.

"저……"

무시하고 지나가려는데, 미카가 내 팔을 잡았다. 미카의 손바닥은 가무잡잡한 손등에 비해 너무나 하였다. 모로 세우면 금을 그어놓은 것처럼 보였다.

"잭슨 할아버지 말이야……"

"뭐?"

나는 미카의 손을 뿌리치고 쏘아붙였다.

"뭐가 궁금해? 할아버지 너 땜에 아픈 거, 아니면 악기점 문 닫은 거?"

미카는 말없이 나를 바라보았다.

"너한테서 냄새나. 구정물 냄새."

그 말이 정말 내 입에서 나온 것이었을까? 미카의 얼굴을 보는 게 정말 오랜만이었다. 침대에 누워서도 계속, 미카의 표정이 떠올랐다.

눈앞에 미카가 보이지 않았으면 좋겠다. 미카는 매일 패거리들한테 온갖 시달림을 당하고, 늦게까지 악기점 앞에 앉아 있었다. 잭슨 할아버지를 보고 싶으면 집으로 가보든가 하지 악기점에서 무슨 궁상인가 싶었다.

독감으로 병원에 간 잭슨 할아버지는 보호자를 대동하고 정밀검사를 받아야 한다고 했다. 양복점 할아버지가 보호자를 자처하고 나섰다. 그렇게 며칠 동안 악기점, 양복점의 문이 닫혀 있었다. 골목 안이 썰렁하게 느껴졌다.

나는 존 목사님의 전화를 받고 세라와 같이 샬롬하우스에 갔다. 부대 안의 제과점이 문을 닫으면서 남은 쿠키, 사탕, 케이크를 전부 샬롬하우스로 가져다줬다고 했다. 샬롬하우스 애들은 전부 입술에 과자부스러기를 묻히고 빵을 뜯어먹느라 바빴다. 크리스마스라도 된 것 같았다. 케이크를 한입 먹은 세라는 눈이 쟁반만해졌다.

"맛있다!"

세라는 혓바닥을 날름거리고, 남은 쿠키를 주머니에 쑤셔넣으면서 중얼거렸다.

"우리 엄마도, 맛있다. 우리 엄마도, 많이 맛있다."

"세라가 효녀구나."

존 목사님은 세라의 머리를 쓰다듬고, 쿠키를 담아갈 봉지를 줬다.

"미군들이 다 떠나면 이 주위는 전부 골프장이 될 거래요."

나는 볼이 미어지도록 초콜릿마카롱을 입안에 넣은 채 말했다.

"제일 먼저 공동묘지에 길을 만든다고 했어요."

목사님은 불현듯 나를 뚫어져라 바라보았다.

"공동묘지에 길을 만든다고?"

존 목사님은 인상을 찌푸리며 손으로 이마를 짚고 자리에서 일어났다. 공동묘지에는 죽은 아이들의 무덤이 있었다. 불의의 사고로 목숨을 잃은 고아들의 경우, 존 목사님이 직접 장례를 주관하기도 했다. 아이들이 묻힌 곳을 헤집는다는 말에 존 목사님의 얼굴이 일그러졌다. 당장 나서서 나한테 생각이 있다고 떠들어대고 싶었지만, 꾹 참았다.

누구에게도 장미에 대해 이야기할 수 없다는 게 괴로웠다. 뭐라고 말을 한단 말인가! 나는 도둑질을 하고 있는데다. 아직 이렇다, 보여줄 만한 것도 없었다. 내가 심은 장미를 아는 사람은 나뿐이었다.

"요즘 도대체 뭘 하러 다니는 거야?"

타샤의 물음에 나는 대답을 못 하고 얼버무렸다. 그녀는 막 새 일을 구한 참이었다. 여종업원이 미군과 결혼하면서 자리가 생긴 세탁소였다. 타샤는 세탁소의 약도와 전화번호를 적은 팸플릿을 만들어서, 공단지대에 뿌리고 다녔다. 뚝 끊겼던 손님들이 하나둘 찾아오기 시작했다.

타샤는 아직 부기가 빠지지 않아서 퉁퉁 부은 발에 커다란 슬리퍼를 끌고 다녔다. 옷을 찾으러 온 파키스탄 남자가 동전을 와르르 꺼내놓았다. 타샤는 고개를 숙이고 동전을 하나하나 셌다.

공단지대에서 일하는 외국인 노동자들이 늘어나고 있었지만, 그들은 골목에서 조금도 환영받는 존재가 아니었다. 씀씀이가 미군들의 발꿈치만큼도 못했기 때문이다.

클럽들은 남아 있는 미군들을 끌어모으려고 애를 썼다. 여자들은 점점 도망을 치기 시작했다. 주스 수당이나 팁이 형편없이 줄어들었기 때문이다. 자연히 숙소 감시가 심해졌다. 알로하클럽 사장 아줌마는 제일 먼저 숙소 문에 이중자물쇠를 달았다. 자물쇠는 안쪽에서 폭탄이 터져도 끄떡없을 만큼 튼튼해 보였다.

혼란의 와중에도 텃밭의 장미는 초여름의 절정을 이루고 있었다. 연분홍, 진분홍의 덩굴장미가 가지를 길게 늘어뜨렸고, 노랗고 붉고 흰 장미꽃 봉오리가 날개를 젖히고 활짝 피어났다. 바람이 불면 작은 꽃잎이 바람에 날렸다. 미세스 정은 무릎을 꿇고, 텃밭 깊숙이 손을 넣어 풀을 뜯었다.

가루받이의 결과가 별로 좋지 않았지만, 미세스 정은 조금도 실망하는 기색이 없었다.

"뭐가 잘못된 건지 이제 알겠어. 다음엔 정말 백 프로라니까. 백 프로."

미세스 정의 얼굴을 보면 성공이 임박한 것처럼 느껴졌다. 내가 없는 사이에 일이 터질까봐 자리를 비우고 싶지 않을 정도였다.

잭슨 할아버지와 병원에 다녀온 양복점 할아버지는 하루 종일 목에 줄자를 걸고 멍하니 앉아 있었다. 주저앉아 한숨만 내쉬던 양복점 할아버지는 다음날 잭슨 할아버지를 데리고 또다른 병원에 갔다. 사흘간 여러 명의 의사를 만나고 돌아온 두 사람은 포장마차에 들어가서 우동을 먹었다. 양복점 할아버지는 내내 시비를 걸었고, 잭슨 할아버지는 웃기만 했다. 소주를 마신 양복점 할아버지는 잭슨 할아버지의 가슴팍을 잡아 흔들었다. 잭슨 할아버지의 몸이 헝겊인형처럼 흔들렸다. 잭슨 할아버지가 암에 걸렸다고 했다. 나는 레스토랑에서 스파게티를 먹다가 그 이야기를 들었다. 암세포가 손댈 수 없이 온몸으로 퍼져버렸다고 했다.

점심을 먹은 나는 허공에 대고 삽을 흔들면서, 공동묘지까지 걸어갔다. 전날 심은 묘목 옆에 구덩이를 파고, 퇴비를 넣고, 다시 흙으로 한 층을 덮었다. 그날 심을 묘목을 허공으로 들어올려, 그 뿌리와 가지를 살펴보았다. 가지가 선명한 녹색인지, 만져봤을 때 시들시들하지 않고 단단한지, 잔뿌리가 많이 있는지, 뿌리가 잘 갈라져 퍼지는지. 병든 뿌리나 가지는 심기 전에 모두 잘라냈다. 묘목을 구덩이에 넣고 나면, 겉흙과 속흙을 뒤섞어 구덩이를 메웠다. 잭슨 할아버지가 암에 걸렸다는 얘기를 할 때, 사람들이 왜 그렇게 조심스러워하는지 모르겠다. 그게 뭔지 몰라도, 몸에 안 좋은 곳이 있다면 그 부분을 잘라내면 될 일이었다. 장미묘목은 뿌리를 잘라내도 잘 자란다.

그 이야기를 하려고 잭슨 할아버지를 찾아갔다. 할아버지는 침대에 누워 있고, 턴테이블에는 레코드판이 돌아가고 있었다. 제이제이 존슨의 트롬본 연주. 잭슨 할아버지는 나를 보자마자 웃음을 터뜨렸다. 화장실에 가보니, 얼굴이 온통 흙투성이였다. 비누칠을 하자 갈색 거품이 묻어나왔다. 모두 헹구어내고 보니 수건이 없었다. 나는 바닥에 물을 뚝뚝 떨어뜨리면서 바깥으로 나왔다.

"할아버지, 수건 없어요?"

미카가 거기 있었다.

창밖에선 빗소리가 들렸다. 미카는 고개를 숙인 채 이야기하고 있었다. 패거리들, 악기점, 금고, 트롬본. 변명을 하지 않고, 사실만을, 번호를 매기듯 차례차례. 잭슨 할아버지가 몸을 일으켜앉았다.

"트롬본 따위는, 조금노 중요하지 않아."

잭슨 할아버지는 미카의 머리에 손을 얹었다.

"너는, 너는 괜찮은 거니, 미카엘?"

미카는 멍하니 잭슨 할아버지를 쳐다보았다. 그러곤 잠시 무언가를 생각하듯 어깨를 으쓱하고, 다시 고개를 떨어뜨렸다.

지금껏 미카가 우는 것은 한 번도 본 적이 없었다. 튀기, 반반, 양키라는 소리를 들었을 때도, 사물함에 쓰인 돌연변이라는 낙서를 지울 때도, 학교에 찾아온 토니 아저씨를 전교생이 창밖으로 내다봤을 때도, 미카는 울지 않았다.

미카의 낮은 울음소리와 제이제이 존슨의 트롬본 연주, 창문을 두드리는 빗소리가 한데 뒤섞였다. 나는 미카의 하얀 손바닥과 검은 손등을 바라보았다. 누구나 운다는 게, 누구나 밥을 먹고, 누구나 사랑을 하고, 누구나 잠을 잔다는 것보다 신기하다. 왜냐하면 다른 때 사람들은 전부 제각각이지만, 울 때만은 서로 비슷한 모습이기 때문이다.

비는 점점 더 거세졌다. 미카와 나는 잭슨 할아버지에게서 우산을 빌려 쓰고 나왔다. 우리는 한 개의 우산을 쓰고 걸었다. 왠지 이상한 기분이 들었다. 시간이 뒤로 돌아간 것 같았다.

미카는 용서받았다. 잭슨 할아버지는 미카를 용서해줬다. 부끄러운 잘못도, 과거도 없었던 것처럼 전부 지워져버렸다. 그럴 수 있다는 게 신기했다. 우리는 앞으로 걸어갔다. 우산을 최대한 내 쪽으로 기울인 미카의 어깨가 흠뻑 젖어 있었다. 우산을 미카 쪽으로 기울여보려 했지만, 미카의 손은 꿈쩍도 하지 않았다. "난 괜찮아." 미카의 갈색 머리카락에 물방울이 매달려 있었다.

레스토랑에 도착했을 때, 미카와 나는 아무 말도 하지 못했다. 침묵을 깨기 위해 방귀라도 뀌어야 하는 게 아닐까 생각하고 있을 때, 미카가 뒤로 돌아 달려갔다. 우산도 쓰지 않고 달려가는 미카의 뒷모습을 나는 한참 동안 바라보았다.

14

달이 간다 생각하니 달이 갑니다

구름 간다 생각하니 구름이 가요

어디어디 어느 멘지 처다보아요

뜰 앞에 우뚝 선 나뭇가지 아래서

해가 뜬다 생각하니 해가 뜹니다

지구 돈다 생각하니 지구 돌아요

어디어디 어느 멘지 내려다봐요

하늘 끝 아주 멀리 높이높이 올라서

비가 그친 후, 토목기사들이 공동묘지에 다녀갔다. 나는 토목기사라는 말이 어쩐지 멋지다고 생각했는데, 실제로 무슨 일을 하는 사람들인지 알고 난 뒤엔 엄청 화가 났다. 모르는 말이 있을 땐 꼭 사전을 찾아봐야 한다.

그 사람들은 기계로 땅을 짚어보고, 기다란 꼬챙이로 쿡쿡 찔러보고, 여기저기 흙을 뒤엎어놨다. 숨어서 지켜보고 있던 내 몸이 다 움찔거렸다. 그들은 공동묘지 구석구석을 둘러보았지만, 덤불 사이에 가린 장미묘목은 신경도 쓰지 않았다.

토목기사들의 출현으로, 골목 사람들의 관심은 온통 공사진행상황에 쏠렸다. 공동묘지 공사가 시작된다면, 곧 골프장 공사노 시작될 것이었다. 알로하클럽 아줌마는 당장 가을부터 길이 뚫릴 거라고 떠들어대고 다녔다.

아빠는 흙부대를 어깨에 지고 가서, 벽돌처럼 한 단 한 단 쌓아올리기 시작했다. 집을 짓기 위해서는 모래를 담은 부대 만 개를 쌓아야 한다고 했다. 오래전 미군부대 안의 병력이 만 명이었다고 들었던 기억이 났다.

미군들이 눈에 띄게 줄어들면서 많은 가게들이 문을 닫았다. 휴대폰대여점 아저씨는 이사를 가면서 중고 휴대폰과 유리장식장을 전부 버렸다. 이불가게 아줌마는 포효하는 호랑이가 그려진 담요를 골목 사람들에게 나누어주고 가게 문을 닫았다. 불 꺼진 가게들이 늘어나자, 골목의 한 뭉텅이가 사라져버린 것 같았다. 이제 누구도 이사를 갈 때 요란을 떨지 않았다. 조용히 짐을 챙겨 문을 닫고 가면 그만이었다.

레스토랑으로 매일 빵과 우유를 배달해주는 아저씨가 수금을 하러 왔을 때, 아빠는 처음으로 돈을 주지 못했다. 아저씨는 골목 안 어디서도 수금을 못 했다고 한숨을 내쉬고 돌아갔다. 계산대에 달러가 수북했던 게 엊그제 같은데, 믿어지지가 않았다.

학교에서는 급식비를 내지 못하는 아이들도 하나둘 늘어났다. 세라는 피아노학원, 미술학원도 그만두었다. 그애의 건반 두드리는 소리는 거의 고문에 가까웠으므로, 그것만큼은 잘된 일이었다.

그동안에도 나는 창고를 쉬지 않고 들락거렸다. 미세스 정이 아빠와 같이 집짓기에 정신이 팔려 다행이었다. 한번은 창고의 테이블 위에서 흰색 털모자를 쓴 아기 사진을 발견했다. 시간에 쫓겨서 자세히 보지는 못했지만, 똘망똘망한 눈동자가 엄청 귀여웠다. 창고 안에는 온갖 잡동사니가 다 쌓여 있었다. 온종일 그 안을 뒤지고 있어도 지루하지 않을 것 같았다. 나는 장미묘목을 훔칠 때 종류를 가리지 않았다. 무슨 품종이든지 배낭 안에 쑤셔넣느라 바빴다. 되도록 빨리, 많이 가져오는 게 관건이었다.

햇볕이 뜨거워지면서 묘목을 심는 데 더 많은 물이 필요해졌다. 뿌리가 제대로 내릴 때까지 매일 한 양동이씩은 물을 줘야 했다. 내게는 기다란 비닐호스도, 저 혼자 빙글빙글 돌아가는 스프링클러도 없었다. 공동묘지에서 개울까지, 양동이를 들고 다니는 수밖에 없었다.

나는 매일 개울가에 가서 양동이 가득 물을 채우고, 두 팔을 부들부들 떨며 묘지로 돌아왔다. 그렇게 떠온 물이 땅속으로 스며드는 건 순식간이었다. 날은 점점 더 뜨거워지는데 비는 단 한 방울도 내리지 않았다.

숲으로 올라갈 때마다 같은 생각이 들었다. 지겹다, 그만두고 싶다, 묘목은 전부 시들시들하고, 몇 그루는 죽어버렸고, 내가 하는 일이 다 그렇지 뭐, 짜증난다, 솔직히 나랑 무슨 상관이야, 공동묘지고 뭐고, 처음부터 불가능한 일이었지. 지금이라도 집어치울 까……

하지만 공동묘지에 도착하면, 쨍쨍한 햇빛 아래 내가 심은 장미 묘목이 있었다. 바싹 마른 묘목들은 물 한 컵에도 생기가 돌았다. 나는 토목기사들이 쳐놓고 간 울타리 밑으로 몸을 숙이고 들어갔 다. 돌이키기엔 너무 많이 와버렸다.

며칠 뒤 학교에서 돌아오다 보니, 공터에 사람들이 몰려 있었다. 불길한 생각이 들었다. 이 골목에 볼거리라곤 싸움 구경뿐이었으니 까. 가까이 달려가자, 어깨에 카메라를 멘 남자가 꽃장수 할머니들 을 찍고 있었다.

"선희야!"

인파 속에 서 있던 필리피나가 나를 끌어당겼다.

"방송국에서 온 사람들이래."

필리피나는 먼 곳에 늘어서 있는 방송국 차량을 가리켜 보였다. 촬영팀은 열댓 명 정도 되어 보였다. 마이크를 든 여자가 비비안 할 머니를 인터뷰하고 있었다.

카메라 앞에 선 비비안 할머니의 얼굴은 그야말로 오색찬란했다. 파란 눈두덩, 자줏빛 입술, 분홍빛 뺨까지, 마치 경극 배우 같았다. 가만히 있어도 땀이 나는 날씨에, 비비안 할머니는 붉은색의 긴 홈 드레스를 입고 있었다. 할머니는 숨을 몰아쉬면서 연신 손부채질을 했다.

"여기 사신 지 몇 년이나 되셨죠?"

마이크를 든 여자가 물었다.

"사십 년이 다 됐지요."

"제일 기억에 남는 사건이 있다면요?"

비비안 할머니는 카메라를 향해 떨리는 미소를 지어 보였다.

"표창장을 받은 적이 있지요."

"표창장이요?"

"미군들의 사기를 진작시킨다고 애국 표창을 받았거든요."

마이크를 든 여자는 굳은 표정으로 고개를 끄덕였다.

"이제 미군들이 다 떠난다니까 기분이 어떠세요?"

비비안 할머니는 말없이 쭈글쭈글한 자줏빛 입술을 빨았다. 한참 침묵이 흘렀다. 컷! 턱수염 난 남자가 소리쳤다.

"괜찮으세요? 정말 잘하셨는데, 뒷부분이 늘어져서요. 한 번만 더 갈게요."

비비안 할머니의 말문은 다시 트이지 않았다. 촬영 분위기가 어딘지 무거워졌다. 턱수염은 손을 흔들고는 팀을 철수시켰다.

"안 되겠네요. 오늘은 여기까지 하죠."

그들은 우리 골목에서 열흘간 다큐멘터리를 찍을 거라고 했다. 다큐고 뭐고, 당장 달려가서 마이크를 든 여자의 입을 한 대 때리고 싶었다. 나 같은 어린애도 미군에게 꽃을 팔아 하루하루 먹고사는 할머니들에게 지금 기분이 어떠냐고는 묻지 않는다.

"진짜 잘하고 싶었는데."

원래 꿈이 배우였다는 비비안 할머니는 고개를 푹 숙였다.

"인생이 맘대로 풀리는 거랍니까?"

비비안 할머니는 내게 살짝 꿀밤을 먹였다.

꽃장수 할머니들은 촬영팀이 주고 간 빵이랑 우유를 먹고, 미세스 정의 텃밭으로 갔다. 이제 더이상 꽃이 팔리지 않아, 할머니들은 주위 사람들의 도움으로 하루하루를 버티고 있었다. 미세스 정의 텃밭에 가면 최소한의 일거리와 먹을 것이 있었다.

꽃장수 할머니들은 우리 골목의 상처 같았다. 눈에 보이는 경우는 그래도 사정이 나은 편이었다. 골목 안쪽 깊숙한 곳의 할머니들은 관처럼 좁은 쪽방에 누워 숨이 멎기만을 기다리고 있었다. 손을 쓸 수 없을 정도로 악화되어버린 종양처럼, 누구도 그 할머니들을 돌아보지 않았다.

"이 옷 입으니까 옛날 생각나네."

땀을 뻘뻘 흘리면서 비비안 할머니가 말했다.

"옛날 애인 생각?"

틀니를 낀 할머니가 비비안 할머니의 어깨를 쿡쿡 찔렀다. 꽃장수 할머니들은 걸어가는 내내 헤헤 웃었다.

할머니들은 젊은 시절 골목에 들어와서 미군들을 만났고, 돈을 벌었고, 욕을 뒤집어썼고, 혼혈아를 낳았고, 매를 맞았고, 아이를 입양 보냈고, 사람들의 수군거림 속에 혼자 라면을 끓여먹으면서 노인이 되었다. 그리고 이제, 어디로도 갈 곳이 없었다.

꽃장수 할머니들은 숲을 가리키며 늘 말하곤 했다. 저 공동묘지가 자기들의 묏자리라고. 이 골목이 좋아서가 아니었다. 골목은 그 자체로 할머니들의 인생이었다.

15

방송국에서 온 사람들은 골목 안에 짐을 풀고 구석구석 촬영을 하러 다녔다. 가게 주인들은 그들을 못마땅한 눈으로 바라보았다. 가게 매상은 날마다 바닥을 치고 있었다. 악기점에서 흘러나오던 음악이 멈춘 뒤로, 골목은 깊은 잠에 빠져버린 것 같았다.

잭슨 할아버지는 하루가 다르게 야위어갔다. 양복점 할아버지는 지금 잭슨 할아버지의 상태가 죽음을 향해 문을 활짝 열어놓은 것과 다르지 않다고 했다. 잭슨 할아버지는 입원하라는 말을 귓등으로도 듣지 않았다.

"병원에 가면 나는 죽어."

양복점 할아버지는 기가 막혀서 버럭 소리를 질렀다.

"수술을 하지 않으면 당장 넉 달, 아니 석 달 안에 죽어!"

"병원에 들어가면 그때부턴 계속 암 얘기만 하고, 암 생각만 해야 돼. 그 자체가 죽음이야. 입원하자마자 그렇게 된단 말이야."

"그럼 다른 수가 있나?"

"여기서는 적어도 하루에 한 장씩, 레코드 백 장을 듣고 갈 수 있지."

잭슨 할아버지는 힘없이 웃으면서 말했다.

"벌써 암세포가 온몸에 다 퍼져버렸다잖나. 그러니까 이렇게 누워서 음악이나 듣게 날 좀 내버려두게. 견딜 수 없이 피곤해. 온몸이 땅으로 꺼질 것처럼 피곤하단 말이야."

양복점 할아버지는 뚫어져라 벽만 바라보다가 휙, 자리를 떠버렸다.

며칠 뒤 잭슨 할아버지 집에 필리핀 간병인 아줌마가 들어왔다. 영어도 잘 못하고, 조용히 웃기만 하는 아줌마였다.

"혹시 키아누 리브스 좋아하세요?"

나는 그 아줌마가 정말 마음에 들었는데, 필리핀에 자식이랑 남편, 시어머니까지 있다고 해서 무척 아쉬웠다.

미군 측에서는 부대 안의 병력을 차근차근 빼나갔다. 골목을 빠져나가는 트럭의 대열도 점점 더 길어졌다. 남은 미군이 채 절반도 되지 않는다고 했다. 급여일에도 골목 안에는 찬바람만 불었다. 가게 주인아저씨들의 얼굴에는 근심이 더해갔고, 골목에 나온 미군들도 별 흥미가 없는 듯 시들한 표정이었다.

가로등마다 알로하클럽의 광고 전단지가 붙어 있었다. 사진 속의 반쯤 벗은 여자를 쳐다보고 있는데, 누군가 내 어깨를 두드렸다. 야구모자를 깊게 눌러쓰고 있어서 얼굴이 잘 보이지 않았다.

"안녕."

미카였다. 미카의 얼굴은 밀가루 반죽처럼 뭉개져 있었다. 눈두덩이 퉁퉁 부어오르는데다, 입술은 벌겋게 터지고, 양쪽 콧구멍에는 돌돌 만 휴지가 박혀 있었다. 너무 놀라서, 입이 딱 벌어졌다.

"권투라도 시작한 거야?"

미카는 설핏 웃었다. 찢어진 입술에서 금세 피가 배어나왔다. 나는 얼른 가방에 든 휴지를 꺼내 미카의 입술에 대주었다.

미카는 잠시 나를 바라보았다. 생전 처음 보는 풍경처럼, 내 얼굴을 조용히 살펴보았다. 지금껏 미카가 그런 식으로 나를 본 적은 없었다. 왠지 이상한 기분이 들었다.

"잭슨 할아버지의 트롬본을 찾아올 거야."

"패거리들한테서?"

미카는 조용히 고개를 끄덕였다. 그제야 그 몰골이 이해가 됐다.

"내가 다시 찾아올 거야."

그러곤 더이상 아무 말도 하지 않았다. 그저 재미있는 물건이라도 되는 듯, 시뻘겋게 부푼 손을 보여주었을 뿐이었다.

그날 저녁, 촬영팀 사람들이 레스토랑에 찾아왔다. 영업시간이 끝난 뒤라, 필리피나와 나만 있던 참이었다. 필리피나는 벌떡 일어나서 사람들을 앉혔다. "나 좀 도와줘." 아빠 몰래 수입을 챙기려는 속셈이 뻔했지만, 오랜만에 활기에 찬 모습이 보기 좋아서 나는 고개를 끄덕였다. 촬영팀은 대부분이 젊은 사람들이었다. 단정한 옷차림에 눈매가 아주 또렷했다. 골목에서는 좀처럼 찾아볼 수 없는 표정들. 테이블 끝에 앉은 턱수염이 나를 유심히 바라보았다.

사람들은 전부 같은 메뉴를 주문했다. 카메라맨은 밥을 먹을 때도 왼손으로 카메라를 붙잡고 있었다. 그들이 식사하는 동안, 나는 구석에서 필리피나와 함께 텔레비전을 봤다. 문득문득 나를 보는 턱수염의 눈길이 느껴졌다. 변태 같지는 않은데, 왜 그러는지 영문을 알 수 없었다.

"여기서 잠시 회의를 해도 괜찮을까요?"

필리피나는 그릇을 치우면서 고개를 끄덕였다.

"담배는 피우면 안 돼요."

담배에 막 불을 붙이려던 턱수염이 알겠다는 듯 손을 들어 보였다. 필리피나가 설거지를 하러 부엌에 들어간 뒤, 나는 그들의 이야기를 엿들었다. 그들은 우리 골목에 대해 이야기하고 있었다. 우리 골목이 언제 어떻게 만들어졌고, 어떤 사람들이 모여 어떤 일을 하며 살았는지. 미군들이 떠나면 이후의 생계는 어떻게 될지……

잠시 후 촬영팀의 화제는 골목의 '과거'에서 '여자들'에게로 옮겨 갔다. 정확히는 '골목에서 죽은 여자들'에 대한 이야기였다. "첫 시작이 1982년 사건이었죠." "A양은 온몸이 전선에 감겨 전신주에 거꾸로 매달려 있었습니다." "1989년, 1991년, 1993년 사건이 제일 유명합니다." "B양의 사체는 부대 안 냉동고에 들어 있었어요." "칼에 찔려 온몸이 너덜너덜해진 상태였어요." "몸속에 구겨진 달러가 들어 있었습니다."

마술사의 모자에서 나오는 스카프처럼, 여자들의 몸뚱어리가 줄줄 이어졌다. 그들은 커피를 더 달라고 손을 들고, 늦은 밤까지 이야기를 계속했다.

그날 밤 나는 온몸이 고무줄처럼 길게 늘어나고, 퍼즐처럼 조각

나는 꿈을 꿨다. 잠에서 깨자마자 나는 제일 먼저 목덜미를 만져보았다. 아침부터 제대로 되는 일이 없었다. 우유를 마시다가 컵을 놓쳐 깨뜨렸고, 계단을 내려가다가 발이 걸려 넘어졌고, 책을 읽다가 종이에 손을 벴다. 초콜릿 가루가 듬뿍 뿌려진 아이스크림을 한 통 다 먹었는데도 기분이 나아지지 않았다. 나는 창가에 서서 예전에 할아버지가 얘기했던 허리케인클럽을 찾아보았다. 이사를 하면서 전부 다 가져갔는지, 간판을 찾을 수가 없었다. 나는 배낭을 메고 숲을 향해 올라갔다. 가만히 있으면 점점 더 화가 치밀어올랐다.

온몸이 땀으로 흥건해졌을 때 공동묘지에 도착했다. 여기저기 허물어진 봉분을 보자, 촬영팀이 얘기했던 여자들이 떠올랐다. 온몸이 조각나서 죽은 여자들―그들 모두 이곳 어딘가에 묻혔을 것이다. 여기는 아무것도 가진 게 없는 사람들이 마지막으로 모이는 곳이니까. 세상에서 한 번도 제대로 서 있지 못했던 사람들이 쓰러진 나무처럼 서로 팔베개를 하고 눕는 곳이니까. 나는 덤불 속에 숨겨놓은 양동이를 들고 개울가로 달려갔다. 한참 물을 퍼붓고 돌아서니 이내 노을이 지고 있었다.

곧장 집으로 가기 싫어서, 미카를 만나러 갔다. 미카네 집에는 아무도 없었다. 나는 그 집 대문 앞에 잔뜩 몸을 웅크리고 앉았다. 배가 고팠고, 온몸 구석구석이 욱신거렸다.

"선희야!"

잠에서 깼을 때, 그곳에 미카가 있었다. 나의 미카.

미카의 얼굴은 지난번보다 더 뭉개져 있었다. 미카는 트롬본을 찾겠다고 매일 패거리들을 쫓아다니고 있었다. 눈두덩이 퉁퉁 부은 주제에, 걱정스런 표정을 짓고 있는 미카를 보자 피식 웃음이 나왔다.

"무슨 일이야?"

미카는 내 옆에 털썩 주저앉았다. 그러자 이상하게 마음이 차분해졌다.

"사람은 죽으면 어디로 가는 걸까."

미카는 무표정하게 나를 바라보았다.

"그런 건 없어. 죽으면 더이상 아무것도 느낄 수 없고, 느낄 수 없다면 존재하지 않는 거니까."

"그럼 이 많은 사람들이 그냥 다 사라져버린단 말이야?"

"다행이잖아. 안 그래?"

"우리 엄마도 사라져버렸을까?"

미카는 할 말을 잃은 듯 나를 바라보았다.

"그야…… 확실한 건 아무도 모르지."

"엉터리."

미카는 가방을 뒤적거리더니, 내게 자그마한 책을 건넸다. 『백 가지 위기상황에서 살아남는 법』. 책 표지에는 바다의 풍랑과 사투를 벌이는 남자의 그림이 그려져 있었다.

"문제는 죽는 게 아니라 사는 거야."

미카의 따뜻한 손이 내 손을 스쳤다.

나는 책을 가슴에 꺼안고 집으로 되돌아왔다. 문을 열고 들어왔을 때, 거실은 어두컴컴했다. 나는 거울을 보며 오랫동안 이를 닦았다. 아빠 빙은 불이 환하게 켜져 있었지만, 아무 소리도 들리지 않았다.

나는 잠옷으로 갈아입고, 침대에 엎드려 책을 펼쳤다.

악어의 입에 물리면 콧등을 주먹으로 부드럽게 두드려준다.

기차에서 뛰어내릴 때는 열차의 진행 방향과 최대한 먼 각도로 몸을 굴린다.

총에 맞을 위기라면 지그재그로 달려간다.

강한 펀치를 맞을 때는 배의 근육에 힘을 준다.

사막에서 길을 잃으면, 왔던 길로 되돌아간다.

유용한 정보가 많은 책이었다.

16

레스토랑으로 돌아오는데, 누군가 나를 불러세웠다.

"얘야!"

촬영팀의 턱수염이었다. 늘 몰려다니는 다른 사람들은 보이지 않았다.

"네가 선희지?"

"그런데요?"

그는 나를 보고 재미있다는 듯 싱긋 웃었다.

"너랑 인터뷰를 좀 하고 싶은데."

"저는 별로 생각 없는데요."

턱수염은 뭔가를 계산하듯 나를 내려다보았다.

"네가 몇 살이지? 열두 살? 열세 살?"

"열두 살이오."

턱수염은 몸을 기울이고 눈을 낮추어 나를 바라보았다.

"돌아가신 어머님이랑 이름이 같지?"

나는 그를 빤히 쳐다보았다. 만만하게 보이면 안 된다는 생각이 들었다. 나는 눈 한 번 깜빡이지 않았다.

"몰라요."

"몰라?"

슬슬 불안한 기분이 들었다.

"저 이제 가도 되죠?"

레스토랑 계단을 올라가다가 뒤를 돌아보았더니, 턱수염은 꼼짝도 하지 않고 그 자리에 서서 나를 지켜보고 있었다. 어째서 엄마에 대해 묻는 건지 영문을 알 수 없었다.

촬영팀은 골목 곳곳을 돌아다녔다. 커다란 카메라를 두세 대씩 들고 다니면서 알로하클럽의 언니들을 찍고, 햄버거를 먹는 미군들을 찍고, 꽃장수 할머니들을 찍고, 병든 잭슨 할아버지를 찍었다. 그들이 찍는다는 다큐멘터리가 어떤 건지 도무지 짐작도 안 됐다.

양복점 할아버지는 방송국 사람들이 우리 골목을 찍으러 온 게 이번이 처음은 아니라고 했다.

"저 인간들은 심심할 때마다 여기로 온단 말이지. 내가 본 것만 네댓 번이니까."

"심심할 때요?"

"심심할 때 동물원에 가지, 넌 바쁠 때 동물원에 가냐?"

"여기가 동물원이에요?"

"텔레비전에 나온 걸 보면 딱 동물원이지 뭐."

양복점 할아버지는 잭슨 할아버지 집에서 미카랑 내기 장기를 두고 있었다. 모자를 쓴 미카가 양복점 할아버지를 쿡쿡 찔렀다. 콧구멍에 산소튜브를 꽂은 잭슨 할아버지가 나지막한 소리로 "장군!"이라고 외쳤다. 양복점 할아버지는 나 때문에 헷갈려서 이렇게 됐다고 소리를 질렀다.

"그리고 넌 어른 앞에서 그렇게 모자를 쓰고 있으면 되나?"

미카는 딴 돈 이만원을 팔랑팔랑 흔들이댔다. 우리는 그 돈으로 피자를 시켜 먹었다.

미카와 나는 저녁이 되어서야 그 집에서 나왔다. 해가 길어져서, 아직 주위가 밝았다.

"촬영팀 사람들 말이야, 정말 이상해. 우리 엄마를 알고 있더라고."

"너희 엄마는 신문에 난 적도 있다면서."

"그야 그렇지."

나는 땅바닥을 내려다보면서 고개를 끄덕였다. 미카와 나의 그림자가 보였다. 미카의 그림자는 내 것보다 훨씬 더 컸다.

우리는 얼마 전까지 토니 아저씨가 디제이로 일했던 퀸클럽 앞을 지나갔다. 이사를 간 지 얼마 되지도 않았는데, 클럽 안의 유리가 다 깨져 폐허처럼 보였다. 토니 아저씨는 매일 일을 구하러 다니고 있었다. 비슷한 형편의 사람들이 아침마다 같이 차를 타고 나갔다. 일을 구한 아저씨들은 밤늦게 돌아왔지만, 일을 못 구한 아저씨들은 이른 오전에 골목으로 힘없이 돌아오곤 했다.

닐은 점점 너 뜨거워졌지만, 비는 한 방울도 내리지 않았다. 7월의 한가운데에서 모든 게 바싹 메말라 있었다. 나는 매일 다람쥐처럼 숲을 오르내렸다. 그날도 장미묘목에 물을 주고 집에 돌아오는데, 알로하클럽 쪽에서 웃음소리가 났다. 소리가 난 쪽으로 달려간 나는 그대로 얼어붙어버렸다. 골목 한가운데, 세라가 팬티 바람으로 춤을 추고 있었다.

세라는 음악에 맞추어 몸을 흔들어댔다. 클럽 언니들을 흉내내는 건지, 엉덩이를 실룩거리면서 저 혼자 흥에 겨워 손뼉까지 치고 있었다. 세라의 젖가슴이 파도처럼 출렁거렸다. 미군들 몇 명이 세라를 바라보면서 킬킬거리고 웃었다.

머릿속이 아득해진 나는 그 자리에서 꼼짝도 못 하고 서 있었다. 하얗게 질린 사장 아줌마가 뛰어나왔다. 아줌마는 욕설을 내뱉으며 세라를 사정없이 내리쳤다. 찰싹, 찰싹, 소리가 허공에 울렸다. 세라는 소리를 지르며 엉엉 울었다. 사장 아줌마는 세라를 질질 끌고 클럽으로 들어갔다. 누군가 나직하게 혀를 찼다.

그날 이후 세라는 내내 풀이 죽어 있었다. 아줌마한테 어지간히 혼이 난 모양이었다. 그나마 촬영팀이 거기 없었던 게 다행이었다. 그들이 있었더라면 분명 다짜고짜 카메라부터 들이댔을 것이다.

세라의 일이 있고 나서 며칠 뒤 촬영팀이 미세스 정의 텃밭을 찾아왔다. 미세스 정은 인상을 찌푸리면서 고개를 저었다.

"나는 그런 거 잘 못해요."

"그냥 몇 가지 질문에만 답해주시면 돼요. 텃밭에서 이미지 컷도 몇 장 찍고요."

두 사람이 양옆에서 미세스 정의 팔짱을 꼈다. 사람들이 할머니를 둘러싸고 설득하는 동안, 턱수염은 멀리서 카메라맨한테 텃밭

쪽을 찍게 했다. 그때 아빠가 흙부대를 내려놓고 텃밭 쪽으로 다가
왔다.

"싫다고 하시는데, 귀찮게 자꾸 왜 그럽니까?"

"그럼 아버님이 대신 하시겠어요?"

턱수염이 멀리서 큰 소리로 말했다.

"민선희씨에 대한 이야기를 듣고 싶은데요."

아빠의 표정이 딱딱하게 굳었다.

"이 골목 다큐를 찍는데, 부인 이야기를 하지 않을 수 없잖습니
까."

턱수염이 아빠 앞으로 바싹 다가섰다.

"시간 참 빠르죠. 그때 그 아기가 저렇게 자랐다니."

"그만하고 돌아가는 게 좋을 거요."

아빠는 낮은 목소리로 말했다.

"따님 이름도 선희라죠? 왜 부인과 똑같은 이름을 지으셨죠? 민
선희씨의 과거사를……"

아빠가 턱수염의 멱살을 잡았다. 두 사람은 옥수수밭 쪽으로 쓰
러졌다. 버둥거리던 턱수염은 흙을 한 움큼 아빠의 눈에 뿌렸다.
그때, 미세스 정이 괴상한 소리를 내지르며 턱수염을 향해 몸을 날
렸다. 미세스 정은 턱수염의 머리를 주먹으로 콩콩, 쥐어박았다.
세 사람은 방금 비료를 준 옥수수밭을 완전히 엉망으로 만들어버
렸다.

촬영팀이 놀아간 뒤, 미세스 정은 헝클어진 은발을 만지면서 비
틀비틀 자리에서 일어났다. 나는 얼른 달려가서 미세스 정의 팔을

붙잡았다. 미세스 정은 아빠를 일으켜세웠다. 아빠는 순순히 미세스 정의 손을 잡고 일어났다.

"선희 아빠, 몸에 묻은 거 털어내고 얼른 집에 가요. 나는 여기 좀 정리하고 갈 테니까."

"같이 저녁 안 드실래요?"

진흙범벅이 된 얼굴로, 아빠가 불쑥 물었다.

우리는 부대찌개를 먹으러 갔다. 아빠는 뜨거운 국물을 먹으면서 계속 땀을 흘렸다. 우리는 말없이, 조용히 밥을 먹었다. 엄마의 과거사란 무엇일까. 나는 마음속에 차오르는 물음을 삼키고, 미세스 정이 골라주는 햄이랑 떡을 받아먹었다.

밥을 다 먹고 나서, 미세스 정의 단칸방에 가서 수박을 먹었다. 방이 너무 비좁아서 우리 세 사람은 비밀모의라도 하듯 붙어앉았다.

"오래전에 이곳에 살았다고 하셨죠?"

아빠의 말에 미세스 정은 고개를 끄덕였다.

"그때는 너무 어렸어요." 미세스 정이 수박씨를 골라내며 말했다. "너무 어려서, 옳고 그른 것을 분별할 줄 몰랐어요. 나한테 소중한 게 뭔지도 몰랐고, 그걸 어떻게 지켜야 하는지도 몰랐어요."

그 집에서 나올 때 아빠는 달랑거리는 녹색 철문을 한참 동안 바라보았다. 해 저물녘 하늘이 보랏빛으로 물들고 있었다.

"아빠, 제 이름을 왜 선희라고 지었어요?"

레스토랑에 거의 다 왔을 때 나는 아빠한테 물었다.

"왜, 그 이름이 싫으니?"

"아뇨."

나는 고개를 가로저었다.

"전 제 이름이 좋아요."

촬영팀이 골목을 떠난 건 그로부터 사흘 뒤였다. 그들은 골목 안의 노인들을 만나고 다니면서 오래전 죽은 여자들에 대해 물었다. 몸이 두 동강, 세 동강 나서 죽은 여자들의 이야기. 이제는 대부분 잊혀져버린 여자들의 이야기. 그 이야기 속에는 늘, 미군들이 등장했다.

태어날 때부터 내 주위에는 많은 미군들이 있었다. 장미묘목이 제각각이듯, 미군들 역시 그랬다. 향기로운 미군도 있었고, 벌레가 들끓는 미군도 있었고, 시들시들한 미군도 있었고, 건강한 미군도 있었다. 하지만 썩은 묘목을 뽑아내듯 썩은 미군들을 뽑아낼 수는 없었다. 우리 골목에는 정원사가 없었다. 이 골목은 야생의 초원과 다를 바가 없었다.

촬영팀이 떠나던 날 아침, 나는 하와이모텔로 턱수염을 찾아갔다. 턱수염은 박스에 비디오 필름을 담고 있었다. 그는 나를 보고 무척 놀랐다.

"너…… 여긴 웬일이니?"

"이거 드세요."

나는 레스토랑에서 싸온 스트로베리 와플을 내밀었다. 그는 얼빠진 사람처럼 나를 바라보았다. 우리는 박스 위에 걸터앉아 생크림과 딸기를 넣은 와플을 먹었다.

"그거, 냉동딸기 아니에요. 우리 아빠는 미세스 정 텃밭에서 가져온 딸기만 써요."

그는 입에 든 빵을 우물거리면서 고개를 끄덕였다. 나는 턱수염을 가만히 보다가 말했다.

"아저씨 체 게바라 닮았네요."

"체 게바라도 아니?"

"미군들 티셔츠에 그려진 거 봤어요."

"미군들? 뭐, 어쨌든 영광이다."

"왜요?"

턱수염은 빙긋 웃었다.

"체 게바라는 꿈꾸는 사람이거든."

"꿈이요?"

나는 한숨을 내쉬었다.

"아저씨 꿈은 뭔데요?"

그는 잠시 머리를 긁적였다.

"좋은 프로그램 만드는 거. 지금은, 이 골목 다큐를 잘 만드는 게 내 꿈이지."

"그럼…… 아저씨는 우리 골목 때문에 숨도 못 쉬게 마음이 아픈가요?"

그는 무슨 소리냐는 듯 나를 바라보았다.

"제가 아는 할아버지가 그랬거든요. 자기 몸처럼 아파야, 진짜 꿈이라고요."

턱수염은 내 말을 못 알아들은 사람처럼 나를 바라보았다. 그리고 남은 와플 조각을 천천히 입안으로 밀어넣었다. 밖에서 촬영팀 사람들이 방문을 두드렸다.

"전 이만 가볼게요. 안녕히 가세요."
나는 인사를 꾸벅, 하고 방에서 나왔다.

17

동그라미 그리려다 무심코 그린 얼굴
내 마음 따라 피어나던 하이얀 그때 꿈을
풀잎에 연 이슬처럼 빛나던 눈동자
동그랗게 동그랗게 맴돌다 가는 얼굴

동그라미 그리려다 무심코 그린 얼굴
무지개 따라 올라갔던 오색빛 하늘 아래
구름 속에 나비처럼 날으던 지난날
동그랗게 동그랗게 맴돌다 가는 얼굴

내게는 엄마 사진이 한 장도 없다. 그래서 가끔 엄마 얼굴이 보고
싶어질 때는 거울을 들여다보곤 한다. 내 얼굴을 가만히 보고 있으
면 한숨이 나온다. 쌍꺼풀도 없는 눈에, 납작한 코, 입술이 두툼한

것도 마음에 안 든다. 그래도 그 안에 엄마가 남겨준 게 있다고 생각하면 기분이 좀 묘해진다. 과학시간에 그런 게 유전이라고 배웠다. 세라는 알로하클럽 아줌마와 똑같이 생긴 눈을 가졌고, 미카는 토니 아저씨와 걸음걸이가 똑같다. 선생님은 유전의 측면에서, 우리의 조상들은 죽지 않고 지금까지 우리 안에 살아 있는 것이라고 말했다.

나는 햇볕으로 따뜻해진 봉분에 등을 기댔다. 멀리서 함께 걸어오고 있는 한 가족이 보였다. 양손에 꾸러미를 든 아저씨, 뒤에 양산을 든 아줌마와 두 아이가 걸어오고 있었다. 햇빛을 받은 양산이 새하얗게 빛났다.

촬영팀이 떠난 후, 아빠는 더욱 말이 줄었고, 내내 공사일에만 매달렸다. 흙부대로 쌓아올린 벽은 아빠의 허리춤까지 올라왔다. 아빠는 점점 더 검게 그을렸다. 뺨이 움푹 들어가서 눈이 더 커 보였고, 늘 입고 다니는 옷도 헐렁해졌다. 사람들은 자주 나를 붙잡고 "너희 아버지 괜찮으시니?"라고 물어봤다.

한 개당 이십 킬로그램가량 나가는 흙부대는, 흙 사이에 빈 공간이 생기지 않도록 매번 큰 공이로 두드려주어야 했다. 가끔 너무 세게 두드린 흙부대에서 모래가 줄줄 새어나오곤 했다. 아빠는 흙부대를 한꺼번에 두 개씩 옮겼다. 잠시도 쉬지 않고 기계처럼 움직이는 아빠를 보고 미세스 정은 안절부절못하고 발을 굴렀다.

"저러다 앓아눕겠다."

아빠는 물을 마시지도, 땀을 닦지도 않았다. 잠깐 쉬는 사이 적이라도 쳐들어올 것처럼 흙부대를 쌓아올렸다.

미군들이 썰물처럼 빠져나가면서, 레스토랑의 단골손님들도 하나둘 골목을 떠났다. 외상값을 떼어먹고 도망가는 미군들도 있었지만, 골목을 떠나기 전에 아빠한테 인사를 하러 오는 미군들도 있었다.

매일 새벽 레스토랑에 와서 아침을 먹었던 빨간 머리 미군은 골목을 떠나면서 아빠한테 직접 만든 시계를 선물했다. 시계의 숫자판에는 우리 레스토랑이 그려져 있고, 시곗바늘에는 작은 빵과 커피잔이 달려 있어, 재깍재깍 조금씩 옆으로 이동했다.

"미스터 박은 매일 나한테 아침식사 만들어줬잖아요. 나도 뭔가 만들어주고 싶었어요."

그는 새로 옮겨가는 남쪽 기지에서 약혼녀와 결혼할 계획이라고 했다. 이제 막 스무 살이 된 그의 약혼녀는 그와 같은 붉은 머리카락에, 콧잔등에는 주근깨가 가득했다. 그는 마지막으로 레스토랑 앞에서 기념사진을 찍고, 환하게 웃으며 골목을 떠났다.

레스토랑의 단골들은 전부 그렇게 이곳을 떠났다. 레스토랑 구석에서 몰래 담배를 피우던 흑인 병사들, 엉덩이까지 흘러내리는 힙합바지로 바닥을 쓸고 다니던 나이 어린 병사들, 매주 다른 남자와 데이트를 하던 아랍계 여군, 그리고 에드까지.

에드는 미국으로 돌아가기로 했다. 새벽에 트렁크를 들고 레스토랑에 온 필리피나는 게스트하우스에 올라가서 짐을 풀었다. 짐이라고 해봤자 티셔츠 두 장, 청바지 한 벌이 전부였다.

필리피나는 하루 종일 하얀 이를 드러내고 웃으면서 손님들의 주문을 받았다. 오후에 장사가 다 끝난 후, 그녀는 내게 필리피나식 푸딩을 만들어주겠다며 부엌에 들어갔다. 쌀가루와 고구마, 코코넛

밀크로 만드는 삼단 푸딩이었다. 각각 다른 색깔의 층을 만들어야 해서 손이 많이 가는 요리였다. 나는 잠자코 부엌 한쪽에 앉아서 그 과정을 지켜보았다. 필리피나는 말없이 거품기를 휘젓다가는 가끔 뒤를 돌아 문 쪽을 바라보았다.

완성된 푸딩은 삼색의 무지개처럼 보였다. 그것을 투명한 컵에 담고 있을 때, 에드가 들어왔다. 필리피나는 앞치마를 벗고 그와 함께 밖으로 나갔다. 유리창 밖으로 이야기를 나누는 두 사람이 보였다. 필리피나는 계속 웃으면서 큰 소리로 떠들어댔고, 에드는 아무 말 없이 고개를 숙이고만 있었다.

필리피나와 에드는 삼 년 동안 여덟 평짜리 방에서 같이 살았다. 대머리 에드는 필리피나의 말을 무조건 따랐고, 출근 때나 퇴근 때나 늘 손을 잡고 다녔다.

두 사람은 짧게 포옹을 했다. 에드의 어깨에 필리피나의 턱이 닿을 때, 그녀는 잠깐 눈을 감았다. 하지만 다시 얼굴을 들었을 때, 어느새 그녀는 환하게 미소짓고 있었다. 인기 만점의 필리피나식 미소. 그들이 마지막 인사를 나누는 데 걸린 시간은 채 십 분도 되지 않았다. 필리피나는 에드보다 먼저 뒤돌아서 레스토랑에 들어왔다.

에드는 군화를 바닥에 끌면서, 천천히 골목을 빠져나갔다.

필리피나는 푸딩을 먹는 내 앞에 다가와 앉았다. 우리는 아무 말도 하지 않았다. 나는 숟가락으로 푸딩을 듬뿍 떠서 필리피나에게 내밀었다. 그녀는 잠시 그것을 가만히 바라보더니 살짝 입을 벌려 받아먹었다. 푸딩은 고소하고, 달콤하고, 쌉싸래했다.

필리피나는 금세 털고 일어났다. 그녀는 외팔이 어머니와 네 명의 동생을 둔 '필리핀의 여자'였으니까. 그다음 주부터 필리피나는 길거리에서 필리핀 음식을 파는 일을 부업으로 시작했다. 메뉴라곤 과일튀김과 핫도그뿐이었지만, 골목 언니들한테 인기가 좋았다. 친구라곤 하나도 없던 필리피나도 고객관리 차원에서 필리핀 여자들과 가까워질 수밖에 없었다. 그후로 필리피나의 간이스탠드에 욜리가 앉아 있는 것이 자주 눈에 띄었다.

여름에는 아무 일도 없을 거라는 양복점 할아버지의 말대로, 공동묘지에 울타리를 쳐놓은 이후로 시청에서는 별 움직임이 없었다. 나는 땀을 뻘뻘 흘리면서, 장미묘목을 심었다. 이제 미세스 정의 창고도 거의 바닥을 보이고 있었다.

공동묘지의 장미묘목에는 진딧물과 풍뎅이가 들끓기 시작했다. 벌레가 다 파먹어서 잎이 남아나지 않을 지경이었다. 미세스 정이 개발한 벌레 퇴치약을 일일이 뿌려주고 다녀도 별 소용이 없었다. 잎맥이 전부 시들시들해서 한시도 마음을 놓을 수가 없었다. 미세스 정의 장미묘목은 전부 그토록 탄탄한데, 내가 뭘 잘못한 건지 알수가 없었다.

매일 장미묘목에 물을 주고, 약을 뿌려주는 게 내 일과의 전부였다. 집에 돌아오면 밥도 못 먹고 나자빠져 잠이 들 때가 많았다. 숙제는커녕 준비물이 뭔지도 모르고, 지각하는 날이 늘어났다.

"너 요즘 정신을 어디다 두고 다니니?"

선생님이 침을 튀기며 소리를 지를 때도 나는 입이 찢어져라 하품을 하고 있었다. 결국 하루 종일 화장실 청소를 해야 했다. 학교

안의 변기를 전부 닦고 나니, 전교생의 엉덩이를 다 들여다본 기분이었다.

청소를 모두 끝내고 나자, 선생님이 이제 집에 가도 좋다고 했다. 미카한테 가봤지만 벌써 패거리들을 쫓아갔는지 자리가 비어 있었다. 나는 터덜터덜 복도를 걸어나갔다.

운동장으로 나오자마자 뜨거운 열기에 숨이 마쳤다. 나는 손그늘을 만들어 숲 쪽을 바라보았다. 태양에 이글거리는 장미묘목이 떠올랐다. 숲에 올라갈 생각에 발걸음이 빨라졌다. 오랫동안 비가 내리지 않아서 땅이 점차 말라가는데다, 개울의 물도 점차 줄어들고 있었다. 서둘러야 했다.

골목에 막 도착했을 때, 알로하클럽에서 나오는 어른들이 보였다. 양복점 할아버지, 미용실 아줌마, 세탁소 아저씨, 슈퍼 아줌마, 존 목사님도 보였다. 세탁물을 가지고 가던 타샤가 내 어깨를 툭 쳤다.

"뭘 그렇게 넋이 나가 보고 있어?"

"저기, 무슨 일 있어요?"

타샤는 알로하클럽 쪽을 흘긋 바라보았다.

"미군부대에서 두 달 안에 기지를 비운다고 했대. 그리고 무슨 공사를 한다고 하던데……"

가슴이 덜컥 내려앉았다. 얼른 클럽 앞으로 달려갔더니 양복점 할아버지는 그새 담배를 꺼내물고 있었다.

"할아버지, 어떻게 된 거예요?"

"뭐가?"

"당분간 아무 일 없을 거라고 했잖아요!"

"내가 당분간이랬지, 영영 그런다고 했냐? 안 그래도 골이 다 지끈거리는데, 조용히 해라."

"묘지 공사를…… 언제부터 한대요?"

"10월부터."

나는 그 자리에 털썩 주저앉았다.

"그 안에 경비병들만 남고, 전투병들은 전부 다 떠난다는구나."

양복점 할아버지는 뻐끔뻐끔 담배연기를 내뿜었다.

공사 이야기를 들었을 때, 머릿속에 제일 먼저 떠오른 건 장미묘목이었다. 내가 훔친 그 많은 장미묘목, 허리가 휘도록 팠던 땅, 개울가를 오가며 수백 번도 더 나른 물, 일일이 약을 뿌리고 만져줬던 작은 이파리들…… 전부 사라지는 걸까? 포클레인이 그 땅을 갈아 엎을 거라고 생각하니, 숨이 턱 막히면서 주위가 뿌옇게 변했다. 공동묘지의 불쌍한 무덤들은 생각나지 않았다. 오직 그곳의 장미, 내 연약한 장미묘목들만이 한꺼번에 뿌리뽑혀 내 가슴으로 파고들었다.

나는 타샤가 세탁소 문을 닫고 퇴근하는 저녁때까지 그곳에 쪼그리고 앉아 있었다.

"지금까지 여기 있었던 거야?"

타샤는 내 손을 잡아 일으켜세웠다. 순식간에 무릎 아래쪽으로 감각이 돌아오면서 날카로운 통증이 느껴졌다.

집에 돌아온 나는 어두컴컴한 거실 소파에 누워 천장을 바라보았다. 골목의 네온사인 불빛이 깜빡거릴 때마다 희부연 벽지가 붉은 색으로, 푸른색으로 변했다. 잠시 후, 나는 몸을 일으키고 집에서 나왔다.

텃밭으로 가는 길에는 가로등이 하나도 없었다. 캄캄한 길 끝에 공사터를 밝힌 주황색 카바이드 불빛이 보였다. 창고 주변은 한밤중처럼 조용했다. 그동안 이곳을 드나들 때마다 밀려들었던 죄책감, 흥분, 떨림이 새롭게 느껴졌다. 나는 동그란 문고리를 잡아당기고 그 안으로 들어섰다.

비닐로 막아놓으 창고 안쪽으로 들어가자, 장미 향기가 진동했다. 나는 천천히 허리를 구부리고, 남은 장미묘목을 헤아려보았다. 그때 삐거덕거리는 소리와 함께 문이 열렸다.

"선희니?"

나는 재빨리 돌아서서 바깥쪽으로 나왔다. 열린 문 밖에서, 미세스 정이 나를 바라보고 있었다.

바로 그 순간이었다. 늘 염두에 뒀던 그 순간, 생각만 해도 심장이 일곱 배 빨리 뛰는 그 순간, 도둑질을 들키게 되는 그 순간, 도저히 발뺌할 수 없게 딱 걸리는 그 순간, 지금껏 내가 살아온 땅이 뒤집혀버리는 그 순간.

나는 지난 몇 개월 동안 그 순간을 아슬아슬하게 피해왔다. 만약을 대비해서 수십 가지 거짓말과, 표정연기까지 준비해왔다. 그런데 그 순간, 미세스 정의 눈동자와 내 눈동자가 맞부딪친 그 순간, 머릿속이 텅 비어버렸다. 나는 멈춤 버튼을 누른 비디오 화면처럼, 급속냉각된 고등어처럼 딱딱하게 굳어버렸다.

"여기는 웬일이니?"

영원 같은 일 초, 이 초, 삼 초가 지나갔다. 나는 벙어리처럼 미세스 정을 바라보기만 했다.

"아, 아버지를 모시러 온 거야?"

미세스 정은 큰 소리로 말했다.

"이리 와. 아버지는 저기 계셔."

미세스 정은 아직 눈치채지 못한 걸까? 알면서도 모르는 척하는 걸까? 손바닥에 땀이 고였다. 미세스 정은 내 손을 잡고 창고에서 나왔다.

아빠는 공사터에 있었다. 눈에 띄게 높아진 벽체와 사다리가 보였다. 몸을 기울일 때마다 주황색 불빛에 아무 표정 없는 아빠의 얼굴이 드러났다. 흙부대 쌓는 일에 얼마나 집중했는지 우리가 온 것도 알아차리지 못했다. 아빠는 흙부대를 한꺼번에 두세 개씩 들어 올렸다. 그 벽을 쌓는 일에 목숨이 달린 사람 같았다.

촬영팀이 떠난 후, 아빠는 레스토랑 일도 내팽개치고 공사일에 매달렸다. 그나마 손님이 별로 없어서 다행이었다. 알로하클럽의 사장 아줌마는 아빠를 만나러 왔다가 번번이 허탕을 치고 돌아갔다. 골목 사람들은 아빠의 벽체를 멀리서 바라보고는 고개를 가로저었다. 벽체의 높이가 아빠의 키를 넘어가자, 마침내는 아빠의 모습이 어디서도 보이지 않았다.

다음날 아침, 커다란 포클레인과 덤프트럭이 먼지를 일으키며 숲으로 올라갔다. 한쪽에서는 미군들을 실은 차량이 줄을 이어 내려왔다. 처음에는 미군들이 시냇물처럼 졸졸 흘러갔다면, 이제는 콸콸 흘러가는 강줄기 같았다.

골목에서 아직 이사를 가지 않은 사람들은, 이사를 갈 형편이 안 되는 이들뿐이었다. 잭슨 할아버지는 휠체어에 앉아서 미군들의 행렬을 바라보며 중얼거렸다.

"얼른 가라. 쥐새끼 한 마리도 남겨놓지 말고 다 챙겨가."

눈 밑이 퀭해진 잭슨 할아버지는 계속 숨을 쌕쌕, 몰아쉬었다.

"저들이 다 떠나면 잔치를 벌일 거야."

"잔치요?"

"그래, 정말 좋아 죽겠다."

"죽는단 말 하지 마세요!"

잭슨 할아버지는 힘없이 웃었다.

"미카는 격투기학원에 잘 다니고 있다니?"

나는 딴 데를 보며 고개를 끄덕였다. 미카는 트롬본을 찾기 위해 패거리들한테 두들겨맞으러 다니면서, 격투기를 배우러 다닌다고 거짓말했다.

"얼굴이 완전히 멍투성이가 됐더구나."

"걔는 거기에 맨날 맞으러 가는 거 같아요."

"원래 그런 거야. 그러다보면 더이상 맞는 게 두렵지 않은 때가 오거든. 그때, 진짜 펀치를 날릴 수 있는 거란다."

"할아버지는 그런 걸 어떻게 다 아세요?"

"젊었을 때 잠깐 권투선수 생활을 했지."

잭슨 할아버지는 남들만큼 살기 위해서 남들보다 훨씬 더 먼 길을 달려왔다. 잠시도 쉴 틈이 없는 인생이었다. 그러니 다 늙어 암에 걸린 것도 무리는 아니었다.

아빠는 공사터에 나가고, 나는 온종일 텅 빈 레스토랑 구석에 앉아서 만화책을 봤다. 피차 별 할 일이 없는 필리피나가 주위를 어슬렁거렸다.

"오늘은 왜 안 나가? 매일 밥도 안 먹고 여기저기 뛰어다니더니."

나는 말없이 만화책을 얼굴 앞으로 치켜올렸다.

"큰비가 올 거 같은데."

필리피나가 창밖을 내다보며 중얼거렸다. 그날 밤, 나는 필리피나와 같이 게스트하우스에서 잤다. 새벽녘, 갑자기 주위가 번쩍하더니 하늘을 울리는 천둥소리가 들렸다.

나는 자리에서 벌떡 일어나 창가로 달려갔다. 빗줄기가 떨어지고 있었다. 나는 유리창에 부딪치는 빗방울을 잠시 바라보다가 다시 침대로 돌아가 이불을 끌어당기고 눈을 감았다. 비가 오니 이제 물 걱정은 그만해도 되겠지. 시원하게 물을 머금은 장미묘목을 떠올리니 안심이 되었다.

아빠는 다음날 아침까지 들어오지 않았다. 빗줄기는 점차 굵어지더니 점심때가 되면서는 앞이 보이지 않을 정도로 거센 장대비로 바뀌었다. 하늘에 막을 드리운 것처럼 사위가 어둑어둑했다. 점심으로 국수를 먹고 있는데, 밖에서 우지끈 소리가 났다. 문을 열고 나가보니, 레스토랑 간판이 떨어져 있었다. 나는 땅에 떨어진 그 알루미늄 판자를 바라보았다. 어떻게 손쓸 수 없을 정도로 낡고, 더럽고, 오래된 간판이었다. 나는 글자가 잘 보이지 않을 정도로 때가 탄 그 간판을 똑바로 눕혀놓고 들어왔다.

"저걸 그냥 저대로 두면 어떻게 해?"

필리피나가 간판을 치우러 나가려고 했다.

"좀 깨끗해지라고요. 어차피 길에 다니는 사람도 없잖아요."

필리피나는 잠자코 바깥을 내다보았다. 그때, 전화벨이 울렸다. 미세스 정의 전화였다. 흙부대로 쌓아올렸던 벽체가 무너져버렸다고 했다. 전날부터 기우뚱하던 벽체는 문틀을 올리자마자 그 무게를 이기지 못하고 그만 허물어져버렸다. 흙부대 사이에 틈이 있었던 것이다. 우산을 가지고 아버지를 모시러 오라고, 미세스 정은 말했다.

전화를 끊고, 나는 곧장 가게를 나섰다. 비옷을 입고 우산을 썼는데도, 빗방울들이 계속 얼굴을 때렸다. 공사터에 가까워지자, 허물어진 벽체가 보였다. 아빠가 힘겹게 쌓아올린 그 집은 그저 흙부대 더미로 변해 있었다. 아빠는 쓰러진 벽체의 밑단에 앉아 있었다. 껍데기만 남은 것 같은 아빠, 아빠한테 우산을 씌우고 서 있는 미세스 정. 미세스 정은 아빠 쪽으로 어깨를 기울이고, 아빠 쪽으로 들이치는 비를 몸으로 막고 있었다. 미세스 정은 왜 저렇게 자기 몸처럼 아프게 아빠를 보고 있을까.

"아빠."

내가 다가가자, 미세스 정은 커다란 우산 밑으로 나를 끌어당겼다. 아빠는 무너져버린 흙부대를 멍하니 바라보고 있었다. 아빠는 내가 온 것도 눈치채지 못했다. 나는 아빠의 어깨를 흔들었다. 딱딱한 돌 같은 어깨.

"선희야."

나를 보는 아빠의 두 눈은 텅 비어 있었다.

"미안하다."

우리 세 사람은 미세스 정의 우산 아래 서 있었다. 커다란 치마 같은 우산에 빗방울이 투두둑투두둑 떨어졌다.

"괜찮아요." 나는 말했다. "괜찮아요, 아빠. 집은 다시 지으면 돼요. 미군들이 다 가도 우리는 괜찮을 거예요."

아빠는 나를 찬찬히 바라보았다.

"아빠가 미안해하지 않아도 돼요. 아빠 잘못이 아니잖아요."

"아니."

아빠는 힘없이 웃었다.

"전부 다 `내 잘못이다."

아빠는 고개를 떨어뜨리고, 자신의 손을 들여다보았다. 붉게 부풀어오른 아빠의 손. 그제야 아빠가 무너진 벽체 이야기를 하는 게 아니라는 걸 깨달았다. 아빠는 무너진 자신의 삶, 엄마 이야기를 하고 있었다.

"네 엄마를 죽게 만든 건 나다."

잠시 침묵이 흐른 후, 아빠는 그렇게 말했다.

"그 여자를 더 빨리 구해내야 했어. 클럽에 불이 나기 전에, 이 골목에서 그 여자를 구해내야 했어. 불에 타 죽은 동료들을 보고 난 후, 네 엄마는 이미 예전의 그 사람이 아니었다. 네 엄마가 죽음으로 달려가는 걸 막을 수가 없었어. 그 여자가 강으로 뛰어들 때까지, 나는 뭐가 문제인지도 몰랐다."

아빠는 천천히 고개를 가로저었다.

"나는 왜 그 여자를 이 골목에 내버려둔 것일까. 왜 그 사람을, 내 인생을 이 골목에, 아무나 밟고 지나갈 수 있도록 내버려둔 것일까."

거세던 빗줄기가 사위어들면서, 점차 고요가 찾아왔다. 아빠는 내 앞에 닫혀 있던 문을 활짝 열어젖혔다. 하지만 나는 아무것도 볼 수 없었다. 그 안에는 오직 칠흑 같은 어둠뿐이었다.

18

벼락을 맞았을 때는 제일 먼저 의식과 맥박수를 확인해야 한다. 의식을 잃지 않았다면 또다시 벼락이 치기 전에 자리를 피하는 것이 좋다. 높은 곳, 탁 트인 들판, 산등성이는 제일 위험한 장소다. 야외에서 벼락이 칠 때는 최대한 몸을 작게 웅크려야 한다. 무릎을 꿇고, 두 손은 바닥에 대고 최대한 머리를 숙이는 게 좋다.

큰 건물이 작은 건물보다 훨씬 더 안전하다. 실내에서는 전화, 컴퓨터, 각종 콘센트, 전기코드, 전선 등을 만지지 말아야 한다. 재난 상황에는 무엇보다 침착을 잃지 않는 게 중요하다.

『백 가지 위기상황에서 살아남는 법』을 보면, 벼락을 맞은 후 예상치 못한 후유증이 뒤따를 수 있다고 나와 있다. 당장은 아무 이상이 없다고 느껴지더라도, 체온이 떨어지지 않도록 조심해야 한다. 두꺼운 깔개 위에 담요를 덮고 있는 게 좋다. 정신적 충격에서 회복되기까지는 많은 시간이 걸릴 수도 있다.

168

흙부대 벽이 무너진 지도 일주일이 지났다. 일주일 내내 비가 그치지 않았다. 장마 때문에, 예정보다 일찍 여름방학이 시작됐다. 교실마다 빈자리가 눈에 띄었다. 방학이 끝나면 빈자리가 더 많아질 게 분명했다.

"어디 아픈 거야?"

방학식이 끝나고 집으로 가는 길에 미카가 내게 물었다.

"왜 하루 종일 말이 없어?"

나는 눈가에 시퍼렇게 멍이 든 미카를 바라보았다. 말을 할 수 없는 건지, 말을 하고 싶지 않은 건지 잘 모르겠다. 벼락을 맞은 그날 이후, 모든 것이 달라졌다.

아빠는 엄마가 사고로 죽은 게 아니라고 말했다. 엄마는 나를 낳자마자 자리에서 일어나, 근방에서 제일 깊은 강에 몸을 던졌다. 이 상황을 아빠의 입장에서 생각해보면, 입안에 먼지가 가득 찬 것 같은 느낌이 든다. 슬픈 마음이 들기 전에 배신감이 드는 것도 사실이다. 까치의 부러진 다리를 정성을 다해서 고쳐줬더니, 그 까치가 대들보에 머리를 박고 죽어버린 셈이다. 엄마는 까치가 아니고, 막 태어난 아기도 있었다는 사실만 다를 뿐이다. 이쯤 되면 꿈에서라도 엄마를 만나 묻고 싶다.

왜. 대체 왜.

엄마는 스스로 이 세상을 떠났다. 그것은 집을 떠나거나, 골목을 떠나거나, 이 나라를 떠나는 차원의 문제가 아니다. 그보다는 자기 자신을 없애버림으로써 집을 없애버리고, 골목을 없애버리고, 이 나라를 없애버리는 것에 가깝다. 굉장한 미움이 없으면 할 수 없는 일이다. 대체 그 미움은 어디에서 오는 걸까? 사람들은 대체 언제 자살하는 걸까? 삶이 재미없을 때? 우울할 때? 무시당한다는 생각이 들 때? 외로울 때? 희망이 없을 때? 하지만 내 주위의 사람들은 전부 다 그렇게 살아가고 있다. 불행하다고 해서 죽는 건 아니라는 말이다. 오히려 불행한 사람들은 죽지 않으려고 안간힘을 쓴다. 골목을 가득 메운 사람들이 그러하듯이.

그날, 이야기를 마친 후 아빠는 꿈에서 깬 사람처럼 나를 바라보았다. 비에 젖어 번들번들하게 빛나는 그 손을, 아빠는 더이상 감추지 않았다. 먼 데서 천둥이 우르릉거리고, 뒤이어 벼락이 번쩍거렸다. 아빠는 나를 향해 손을 내밀었다. 흔들리는 버스 안에서 손잡이를 잡으려는 사람처럼. 나는 뒤로 돌아서 쏜살같이 달려나갔다.

달리기는 내가 제일 잘하는 것 중의 하나였다. 아기 때 나는 걷기 시작하면서 이미 달리기를 배웠다고 한다. 나는 늘 어딘가로 달려가고 있거나, 달려갈 준비를 하고 있었다. 엄마가 있는 곳으로, 내가 노래를 부를 수 있는 곳으로. 하지만 그게 무슨 소용이었을까. 어느 순간, 눈앞이 눈부시게 환해지더니 요란한 천둥소리가 울렸다.

집으로 돌아온 나는 쓰러진 나무처럼 모로 누워 잠을 잤다. 팔이며 다리, 어느 것 하나 꿈쩍할 수 없이 깊은 잠이었다. 잠에서 깨면 잠깐 눈만 깜빡거리다가, 다시 눈을 감았다. 누군가 방문을 여는 기척이 느껴지기도 했고, 서늘한 손이 이마에 올라오기도 했다. 희미한 박하향이 감돌았다. 아빠의 냄새였다. 잠결에 나를 내버려두라는 미세스 정의 목소리, 창문을 두드리는 빗소리가 들렸다. 꿈속에선 잠든 나를 내려다보는 내 뒷모습을 보았다.

몇 시간이 지났는지, 며칠이 지났는지 모르겠다. 나는 자리에서 일어나 방에서 나왔다. 이른 아침이었다. 냉장고를 열고, 우유를 꺼내서 컵에 따랐다. 나는 숨도 쉬지 않고 벌컥벌컥 우유를 마셨다. 창밖에는 여전히 비가 내리고 있었다.

계단을 내려오자, 아빠는 빵을 굽고 있었다. 빗줄기를 뚫고 아침을 먹으러 온 미군이 두 명 있었다. 레스토랑 안에 베이컨 굽는 냄새, 커피향이 가득했다. 모든 게 그대로인 아침이었고, 모든 게 달라진 아침이었다. 필리피나가 내게 굿모닝 인사를 했다. 대답을 하려고 했지만, 말이 나오지 않았다. 입이 딱 붙어버린 것 같았다. 말을 할 수가 없었다.

일주일 동안 미카와 잭슨 할아버지는 내 입을 열게 하려고 갖은 수를 다 썼다. 잭슨 할아버지는 처음 말을 배우는 아이에게 하듯이 내게 아에이오우, 따라 해보라고 했다. 잭슨 할아버지의 목소리는 점점 더 가늘어져서, 이제 입모양을 보지 않으면 무슨 말을 하는지 알아듣기가 힘들었다. 양복점 할아버지는 계속 입을 다물고 있는 나를 보고 버럭 화를 냈다.

"애가 노인네들을 놀리고 있네!"

"아니야."

잭슨 할아버지가 손을 내저었다.

"선희 얼굴 좀 봐. 저게 놀리는 애 표정인가."

"그럼 하루아침에 벙어리라도 됐단 거야?"

"무슨 일이 있었던 것 같은데 말을 안 해요."

미카가 모자를 눌러쓰며 말했다.

"그냥 내버려둬. 시간이 필요한 거야. 뭐든지 시간이 지나면 다 제자리로 돌아오게 돼 있어."

양복점 할아버지는 줄자로 잭슨 할아버지의 치수를 재고 있었다.

"지금 뭐하시는 거예요?"

"보면 모르냐?"

"양복 만드시게요?"

"그래."

양복점 할아버지는 더이상 묻지 말라는 듯 인상을 썼다. 양쪽으로 벌린 잭슨 할아버지의 두 팔이 마른 나뭇가지처럼 앙상했다.

"비가 정말 그치지 않고 내리네."

쌕쌕, 숨을 몰아쉬며 잭슨 할아버지가 말했다.

"숲으로 올라가는 길도 다 막혀버렸대요."

"그까짓 거야 기계로 밀고 올라가면 순식간일 텐데, 뭘."

나는 양복점 창문에 붙어서서, 빗속에서 끊임없이 미군들을 싣고 떠나는 트럭을 바라보았다. 이제 부대 안에는 남은 미군들이 별로 없다고 했다. 창문에 맺혀 있는 빗방울 때문에 바깥 풍경이 일그러져 보였다.

그때, 주머니에서 진동이 울렸다. 내가 주머니에서 휴대폰을 꺼내자, 할아버지들이 다 나를 쳐다봤다.

"선희네 아빠 휴대폰이에요."

미카가 대신 설명을 하고 나섰다.

"미세스 정이랑 선희랑 연락하라고 잠깐 빌려주신 거래요."

'집에 언제 오니?' 미세스 정의 문자메시지에 나는 짧게 답장을 보냈다. '지금 갈 거예요.'

며칠 전, 나를 찾아온 미세스 정은 내 얼굴을 조용히 바라보았다.

"네가 그 사람을 닮았구나."

왠지 익숙한 그 말에, 나는 눈을 깜빡거렸다.

"네가 말을 하지 않는다고…… 아버지가 많이 걱정하고 있어. 자기 잘못이라고. 나는 그런 게 아닐 거라고 했어. 선희는 이미 지나간 일을 무서워하지 않는데다가, 진실에 대해서라면 그걸 지금까지 감춘 게 문제지, 그걸 밝힌 게 문제는 아닐 거라고."

미세스 정은 조심스럽게 내 어깨를 어루만졌다.

"네 아버지는 사람을 대하는 데 서툴고, 고집도 세지만, 적어도 비겁한 사람은 아니야. 사랑하는 사람한테 진실을 말하는 것처럼 어려운 일은 없단다. 나는 아직까지 그러지 못했어. 수없이 많은 기회가 있었는데도, 그러지 못했지."

그게 얼마나 어려운 일인지는 나도 잘 알고 있었다.

"말을 하고 싶지 않으면, 하지 않아도 돼. 네가 말하고 싶어질 때까지…… 대신, 이렇게 하자."

미세스 정은 아빠의 휴대폰을 내밀었다.

"네가 잘 있다는 걸 알아야 아버지도 나도 다른 일을 할 수 있어."

미세스 정이 보내는 문자메시지는 짧고 간결했다. '밥 먹었니?' '어디야?' '창밖을 보렴.' '잘 자라.' 그것은 메시지라기보다는 신호에 가까운 것이었다. 내가 무사하다는 신호. 우리가 연결되어 있다는 신호. 일주일 내내, 아빠는 나와 마주치지 않았다. 일부러 레스토랑으로 일찍 내려가고, 집으로 늦게 올라오는 것 같았다. 대신 미세스 정이 나를 돌봐줬다.

밤늦게 돌아온 아빠는 제일 먼저 내 방 문을 열어봤다. 안으로 들어오지도 않고, 그냥 문밖에서 나를 들여다보기만 했다. 나는 아빠가 다시 문을 닫을 때까지 눈을 꼭 감고 있었다.

말을 하지 않는 건 아빠가 미워서도, 무서워서도 아니었다. 그저, 두려울 뿐이었다. 말을 하면, 다시 노래 부르게 될까봐 겁이 났다. 나는 늘 세상에 없는 것들을 꿈꾸고 기대했다. 가슴이 부글거려서 한시도 가만히 있지 못하고, 되지도 않을 일에 장미를 훔쳐다 심고, 상상하고, 히죽거리고, 팔다리를 휘저으면서 노래나 부르고 다니는 게 나였다. 나는 내가 싫었다. 엄마도 포기한 아이라면, 태어나지 않는 게 더 좋았을 것이다. 없는 편이 좋았을 것이다. 아빠에게도, 엄마에게도. 그게 진실이었다.

19

    퀸클럽이 이사를 떠나고 나자, 알로하클럽은 골목 안에서 유일한 클럽이 됐다. 골목 안에 남은 가게는 슈퍼, 양복점, 세탁소, 알로하클럽, 그리고 우리 레스토랑뿐이었다. 미군들도 전부 빠져나갔다는 소문을 들었다. 알로하클럽 사장 아줌마는 더이상 다른 클럽과 경쟁해서 주스값을 내릴 필요가 없어졌는데도, 별로 즐거운 기색이 아니었다. 비는 잠시 그쳤다가 다시 퍼붓기를 계속했다. 이대로 골목의 끝까지, 숲의 끝까지 물에 잠겨버리면 좋겠다. 나는 매일 목이 바싹 말라서 잠에서 깼다.

    나는 자주 세라를 찾아갔다. 내게 왜 말을 하지 않는 거냐고 시시콜콜 묻지 않는 사람은 세라뿐이었다. 떨어지는 빗방울만 보아도 행복해하는 세라는, 내가 말을 하건 안 하건 상관하지 않았다. 그애는 예전처럼 나를 자기 소꿉 앞에서 놀게 해줬다. 하지만, 늘 그랬듯 밥 먹을 때가 되면 뒤도 돌아보지 않고 자기 엄마한테 달려갔다.

집에 돌아가는 길에 보니, 타샤가 사뿐사뿐 양복점으로 걸어들어가고 있었다. 타샤는 양복점 할아버지 앞에 천꾸러미를 내려놓았다. 세탁소에서는 그동안 미군들이 찾아가지 않은 옷들을 무더기로 갖다버렸는데, 타샤가 그중 쓸 만한 양복을 골라서 수선하려고 가져온 것이었다. 언제 치수를 쟀는지 시침선까지 그려져 있었다. 요즘 세탁소를 밥 먹듯 드나드는 파키스탄 남자한테 주려는 것이 분명했다. 나는 부러 문소리를 쾅, 크게 내고 안으로 들어가 얼굴이 발그레해진 타샤를 쳐다보았다.

"왜?"

타샤는 실없이 웃었다. 언제나 그게 시작이었다. 실없는 웃음. 자파르는 시멘트공장의 가건물에서 살고 있었다. 그 근방에 모여 사는 외국인 노동자가 여럿이었다. 그들은 가끔 세탁을 맡기거나 술을 한잔하러 골목에 들어왔다. 클럽에서는 미군들이 빠져나가는 새벽시간에만 그들을 받았다. 그들은 여자들에게 주스를 사지 않았다. 그저 멀뚱히 홀로 바에 앉아 술을 마실 뿐.

타샤는 양복점 할아버지한테 이슬람교도들이 다른 종교를 가진 사람과는 결혼을 하지 않는 게 사실이냐고 물었다. 양복점 할아버지가 아마 그럴 거라고 대답하자, 타샤는 곰곰 생각에 잠겼다. 나는 타샤를 빤히 바라봤다. 할 말은 많았지만, 말을 할 수가 없었다.

골목 안 구석구석에서 사람들이 사라져가는데, 그럴수록 샬롬하우스는 소란이 커져갔다. 골목을 떠나면서 아이들을 버리고 가는 여자들 때문이었다. 일자리를 주선하는 매니저들은 골치 아픈 혹을 떼어내려고 갖은 말로 여자들을 꼬드겼다. 이곳 목사가 참 좋지 않으냐, 너희들이 키우는 것보다 여기 두는 게 낫다, 데리고 가면 또 어디서 먹이고 재울 건데? 형편이 나아졌을 때 데리러 오면 되잖아…… 여자들은 아이들의 옷과 장난감을 넣은 가방을 샬롬하우스 문 앞에 놓아두고 말없이 매니저의 승합차에 올라탔다. 아이들은 아무리 기다려도 오지 않는 엄마를 찾으러 나갔다가, 문 앞에서 자기 옷이 담긴 가방을 발견했다.

미세스 정은 샬롬하우스에 이불이 필요하다는 말을 듣고, 골목을 돌아다니면서 안 쓰는 이불을 모았다. 미세스 정을 따라 샬롬하우스에 가보았더니 창문 안쪽은 흡사 피난소와 같았다. 우는 소리, 엄마를 부르는 소리, 아기들의 똥냄새 오줌 냄새로 정신이 나갈 지경이었다. 존 목사님이 그 한가운데서 허둥지둥 뛰어다니고 있었다.

같이 들어가자는 미세스 정의 말에 나는 고개를 가로저었다. 노랑머리 여자아이가 문 앞에서 이마를 짓찧으며 울고 있었다. 나는 존 목사님이 부르는 소리도 못 들은 척하고, 그곳에서 달려나왔다.

이제 골목에 남은 사람들은 과부, 환자, 노인, 고아 들뿐이었다. 지구가 둥글고, 우주가 무한하다는 말은 거짓말이다. 세계는 거북 등 위에 올라간 납작한 판이다. 판의 끄트머리에는 약한 사람들이 모여 살아서, 거북이가 움직일 때마다 우르르 떨어져 죽는 것이다.

레스토랑에 손님이 끊기면서, 필리피나도 할 일이 없어졌다. 필리피나는 욜리와 함께 공단지대로 필리핀 음식을 팔러 다니기 시작했다. 아빠는 아침 일찍 내가 먹을 음식을 차려놓고, 레스토랑으로 내려갔다. 손님이 있건 없건, 아빠는 부엌에 들어가서 전등을 켜고, 커피를 내리고, 오븐을 예열시키고, 음식 재료를 손질했다. 아빠는 지난 십이 년간 미군들의 아침을 만들어왔다.

아빠를 이해할 수 없었다.

내 이름이 엄마와 똑같은 것도, 미세스 정이 오래전에 죽은 할아버지와 같은 말을 하는 것도, 비가 그치지 않고 내리는 것도, 그 많은 사람들이 전부 미군들을 따라가버린 것도, 아무 대책 없이 골목에 남은 사람들도, 전부 이해할 수 없었다.

아빠는 무너진 흙부대를 다시 쌓기 시작했다. 언제부턴가 그 옆에서 미세스 정과 꽃장수 할머니들이 일을 돕고 있었다. 쪽방에서 쫓겨난 꽃장수 할머니들은 둘씩 짝을 지어 흙부대를 날랐다. 노란색 비옷을 입은 할머니들은 비를 맞으면서도 하늘을 올려다보며 여학생들처럼 깔깔거렸다.

미세스 정은 하루에 두 번씩 고구마를 쪘다. 아빠는 할머니들과 같이 둘러앉아서 김이 모락모락 올라오는 고구마를 먹었다. 꽃장수 할머니들은 시도 때도 없이 노래를 불렀다. "비가 오면 생각나는 그 사람, 언제나 말이 없던 그 사람……" 아빠는 미세스 정이 껍질을 까서 건네는 고구마를 두 손으로 받아먹었다. 챙이 넓은 밀짚모자에서 빗물이 뚝뚝 떨어졌다.

비가 내린 지 열흘째 되던 날, 미군부대 안에 남아 있던 마지막 병력마저 모두 떠났다. 아침부터 고별행사다 뭐다 부대 안쪽이 시끄러웠다. 빗속에서 행사를 끝낸 미군들은 골목 사람들에게 컵케이크를 돌렸다. 설탕가루 범벅의 초록색 컵케이크를 보고, 다들 쓰게 입맛을 다셨다.

미군들이 떠나는 날 잔치를 벌일 거라고 입버릇처럼 얘기했던 잭슨 할아버지는 골목 사람들을 레스토랑으로 불러모았다. 아빠는 필리피나와 함께 커다란 냄비를 꺼내서 국수를 삶고, 고기를 쪘다. 얼굴이 까맣게 타들어간 잭슨 할아버지는 뭐가 좋은지 싱글벙글이었다. 잭슨 할아버지는 미카의 도움을 받아 겨우겨우 샴페인을 터뜨렸다. 영화에서처럼 '뻥' 소리가 나지도 않았고, 웃음을 터뜨리는 사람도 없었다. 양복점 할아버지는 죽을 때가 되더니 쓸데없는 돈을 쓴다고 잭슨 할아버지에게 화를 냈다.

알로하클럽 아줌마는 구석에서 혼자 술을 퍼마시고, 세라는 허겁지겁 손으로 고기를 집어먹고 있었다. 미카의 팔뚝은 온통 푸르뎅뎅한 멍투성이었다. 타샤는 큰 소리로 우는 러시아 여자들을 달래고, 꽃장수 할머니들은 술을 마시며 타령조의 노래를 불러댔다. 욜리와 미세스 정은 존 목사님과 함께 샬롬하우스 아이들을 데리고 앉아 있었다. 아이들이 번갈아가며 비명을 지르고, 음식을 토해대는 바람에 레스토랑은 난장판이 됐다.

나는 문을 열고 밖으로 뛰어나갔다. 축축하고 차가운 공기를 가슴 깊이 들이마시자, 울렁거리던 속이 가라앉았다. 골목은 어둡고 고요했다. 마치 바다 밑으로 가라앉아버린 것 같았다. 나는 등을 둥글게 말고 바닥에 쪼그려앉았다. 몸이 조금 아프기도 했고, 울고 싶기도 했고, 오줌을 누고 싶기도 했다. 팔에 얼굴을 묻고 한참 빗소리를 듣고 있는데 작은 발소리가 다가왔다.

"애!"

누군가 내 옆구리를 쿡쿡 찔렀다.

"여기서 뭐하니?"

분홍색 커트머리에, 빨간색 원피스를 입고, 번쩍거리는 은색 부츠를 신은 그 아줌마는 우산도 없이 쫄딱 비를 맞고 서 있었다. 아줌마는 내게 물었다.

"네가 선희 맞지?"

나는 고개를 끄덕였다. 순식간에 내 몸이 앞으로 쏠렸다.

"반가워. 줄리 아줌마야."

아줌마는 엄청난 힘으로 나를 꽉 껴안았다. 비에 젖은 분홍색 머리카락이 얼굴을 간질였다. 아줌마의 등뒤로 내 키만큼 커다란 트렁크가 보였다.

20

레스토랑 문을 열고 나오던 아빠는 줄리 아줌마를 보고 우뚝 걸음을 멈췄다. 아줌마는 하하, 경쾌하게 웃었다.

"잘 지냈어요?"

줄리 아줌마는 빗물이 고인 은색 부츠를 철퍽거리면서, 아빠를 지나쳐 레스토랑 안으로 들어갔다. 시끄러웠던 레스토랑 안이 갑자기 조용해졌다.

"아! 다들 여기 계시네. 골목에 사람이 아무도 없길래 깜짝 놀랐어요. 너무 오랜만이라, 길을 잘 못 찾겠더라고요. 그 세월을 거슬러오느라 비행기를 세 번이나 갈아탔답니다. 싼 게 비지떡이라지만 대기시간이 열일곱 시간이라는 게 말이나 돼요? ……그런데 이거, 이 잔치국수 정말 맛있네요."

아줌마는 말을 하다 말고 서서, 후루룩후루룩 국수를 먹었다. 비에 젖은 원피스가 몸에 딱 달라붙어 있었다. 아빠는 커다란 타월을 가져와서 아줌마의 어깨에 둘러줬다. 알로하클럽 아줌마는 갑자기 술이 확 깬 얼굴이었다.

한쪽에서 미카가 밥을 다 먹고 조용히 일어났다. 미카는 시계를 한번 보고는 모자를 깊이 눌러쓴 뒤, 가게 뒷문으로 나갔다. 미카의 뒷모습이 빗속으로 멀어져갔다. 트롬본을 찾아오겠다고 매일 저 궁상이었다. 잭슨 할아버지는 이제 트롬본은커녕 풀피리 하나 불 기력도 없었다.

"잭슨 아저씨, 맞죠?"

줄리 아줌마는 잭슨 할아버지 앞에 다가가 손을 잡고 앉았다.

"왜 이렇게 야위셨어요?"

잭슨 할아버지는 아줌마를 기억하지 못했지만, 조용히 미소지었다.

"잘 왔소. 오늘은 우리 잔칫날이라오."

"무슨 좋은 일이 있나요?

"내일부터는 저쪽 철문을 보고 살지 않아도 된다오. 그들 시간에 맞춰 일어나고, 잠들지 않아도 돼요. 그들 변덕에 맞춰 음악을 연주하고, 춤추지 않아도 되는 거요. 팔, 다리, 몸뚱어리, 이 땅, 시간이 전부 이제 우리 거라오."

"앞으로 배울 게 많겠네요."

잭슨 할아버지는 놀랍다는 표정으로 줄리 아줌마를 바라보았다.

"맞아, 맞아요."

사람들이 돌아간 뒤, 아빠는 줄리 아줌마와 마주 앉아 커피를 마셨다. 젖어 있던 분홍색 머리카락이 마르고 나자, 산호색이 되었다.

"……내가 왜 왔는지 궁금하죠?"

아줌마가 먼저 말문을 열었다.

"여길 도망치듯 떠나고, 늘 선희 생각을 했어요. 지금쯤 얼마나 자랐을까. 제 엄마랑 얼마나 닮았을까. 늦기 전에 꼭 한번 보러 가야지…… 그러면서도 항상 마음뿐이었는데, 뉴스를 보니까 미군들이 여길 떠난다고 하더군요. 더 늦으면 다시는 못 보게 될 것 같았어요."

"우리는 어디로도 안 갑니다."

아빠가 반복해서 말했다.

"우리는 떠나지 않을 거예요."

아줌마는 고개를 끄덕이며, 멀찌감치 턱을 괴고 앉아 있는 나를 바라보았다.

"그런데…… 아이가 참 말이 없네요."

사람들이 모두 돌아간 뒤, 나는 줄리 아줌마를 직접 게스트하우스로 안내했다.

"너희 아버지는 여전하시구나. 달라진 게 하나도 없어. 옷 입는 스타일도 말투도…… 네 엄마가 맨날 영감이라고 놀렸었는데."

나는 휴대폰을 꺼내서 글자를 찍었다.

'엄마를 잘 아세요?'

줄리 아줌마는 휴대폰을 가만히 내려다보더니 피식 웃었다.

"애, 너희 엄마랑 나는 쌍둥이나 마찬가지였어."

방에 들어온 아줌마는 옷을 갈아입으면서 말했다.

"키, 몸무게, 신발 사이즈까지 똑같았어. 둘 다 게으름뱅이에, 자기 나이가 몇인지, 시간이 얼마나 흘렀는지도 잘 모르고, 종이접기 좋아하고, 한겨울에도 양말 신는 거 싫어하고, 휘파람 명수에, 춤추는 걸 좋아했지."

'아빠는 한 번도 그런 얘기 해준 적 없어요.'

줄리 아줌마는 팔짱을 끼고, 진지한 표정으로 말했다.

"선희야, 어떤 사이든, 아니 특별히 사랑하는 사이일수록, 남자는 여자를 절대로 알 수 없는 거란다."

아줌마는 트렁크에서 새하얀 시트와 베개를 꺼냈다. 왜 그렇게 가방이 큰지 그제야 알 수 있었다. 아줌마는 침대 위에 시트를 깔고, 네 각을 맞추어 판판하게 잡아당겼다. 그리고 또다시 나를 끌어안더니 정수리에 쪽, 하고 입을 맞췄다.

"푹 자고, 내일 보자. 비록 일주일짜리 휴가지만, 할 일이 아주 많거든."

다음날 아침 눈을 뜨자마자, 나는 잠옷 바람으로 게스트하우스에 가서 방문을 열어보았다. 집채만한 트렁크도 제자리에 있고, 줄리 아줌마도 침대에서 쿨쿨 자고 있었다. 그런데 뭔가 이상했다. 나는, 나도 모르게 천천히 그 안으로 들어가고 있었다. 줄리 아줌마의 산호색 머리카락이 반짝반짝 빛났다.

방 안에 햇살이 가득했다. 비가 그친 것이었다.

줄리 아줌마는 아침을 먹기 전에 조깅을 하러 가자고 했다. 아줌마와 같이 계단을 내려온 나는 문 앞에서 잠시 멈칫거렸다. 햇빛이 쨍쨍한 골목이 왠지 낯설었다. 아줌마는 내 등을 살짝 치고는 앞서서 달려나갔다.

아줌마는 숨을 훅훅 내쉬며 작은 보폭으로 뛰었다. 나도 아줌마와 같이 가볍게 뛰기 시작했다. 비가 온 뒤라 그런지 공기가 무척 개운했다. 나는 아줌마의 뒤를 쫓아가면서 숲을 바라보았다. 장미는 어떻게 되었을까. 골목을 빙 둘러 두 바퀴째 돌고 있을 때, 아빠가 아침을 먹으라고 손짓했다.

팬케이크와 오믈렛, 베이컨, 소시지, 으깬 감자기 테이블 한가득이었다. 이제 손님도 없으니까, 우리끼리 먹고 죽자는 건가? 철없는 줄리 아줌마는 아침식탁을 내려다보면서 환호성을 질렀다. 줄리 아줌마는 채식주의자라더니, 고기만 안 먹는다뿐이지 과일이랑 야채를 정말 끝도 없이 먹고 또 먹었다.

"팬케이크, 선희가 정말 좋아했는데! 집에 쌀은 없어도 팬케이크 가루는 언제나 넘쳤다니까요. 그애가 한겨울에 불우이웃돕기 한다고 기타 들고 거리에 앉아 있었던 거 기억나요? 기타 연주도 못 하면서 폼만 잡고 앉아 있었잖아요! 이 티셔츠, 그때 선희랑 똑같이 맞춰 입었던 건데……"

아줌마는 아침식사 내내 엄마에 대해 떠들어댔다. 나는 선희라는 이름이 나올 때마다 깜짝깜짝 놀랐다. 엄마와 내 이름이 같다는 걸 알고 있으면서도 새삼 놀라웠다.

아빠는 줄리 아줌마의 이야기를 들으면서 고개를 끄덕이고, 가끔 희미한 미소를 지었다. 나는 흘금흘금 아빠를 곁눈질해 보았다. 아빠가 미소지을 때마다 이상하게 마음이 아팠다.

"미군들이 완전히 다 떠난 게 아닌가요?"

레스토랑 밖으로 지나가는 미군들을 보고, 줄리 아줌마가 물었다.

"기지 환수 날까지 경비병들이 남아 있을 거라고 들었습니다."

"경비병들이라면, 몇 명이나요?"

"백여 명 될 겁니다."

"그러니까, 아직 미군부대가 완전히 빈 건 아니군요."

아빠는 고개를 끄덕였다. 줄리 아줌마는 뭔가 못마땅하다는 듯 긴 한숨을 내쉬었다.

식사를 마친 후, 줄리 아줌마가 샤워를 하러 올라가자, 아빠가 차를 내왔다. 하얀색 꽃잎을 우려낸 차였다. 입김을 불 때마다 찻물 위에 떠 있는 꽃잎이 파르르 떨렸다.

"흙집을 다시 짓기 시작한 거 알고 있니?"

아빠의 물음에 나는 꽃잎을 내려다보며 고개를 끄덕였다.

"다음주부터 공단 쪽에 햄버거를 가져다 팔 생각이야. 필리피나 말이, 점심시간에 사람들이 쏟아져나오는데 마땅한 먹을거리가 없다더구나. 우리는 여기를 떠나지 않을 거야. 레스토랑 문도 닫지 않을 거고…… 변하는 건 아무것도 없을 거야. 아무것도."

잠시 침묵이 흘렀다.

"아빠가…… 지난번 일로 네게 상처를 줬다면…… 정말…… 미안하다."

미안하다는 말은 이제 정말 지긋지긋했다. 나는 아빠의 눈을 피해 창밖을 내다봤다.

"절대로…… 저 숲에 길이 뚫리게 하지 않을 거야. 묘지 공사를 막을 길을 찾을 거다. 사람들 서명도 받을 거고, 시청에도 찾아갈 거야. 그 땅을 파헤치게 내버려두지 않을 거야. 선희 너는 걱정하지 않아도 된다."

뭔가를 막을 수 있었다면, 애초에 미군들이 오는 것을 막았어야 했다. 하지만 누구도 미군들이 오는 것도, 가는 것도 막을 수 없었다.

열흘간 내린 비로 숲속의 흙이 씻겨내려가고, 나무가 쓰러졌다. 빗물에 떠내려간 장미묘목들은 숲속 어딘가에 내던져졌을 것이다. 신이 없다고 믿는 게 낫다. 신이 있다면 그와 싸울 수밖에 없다. 나는 더이상 아무 생각도 하지 않기로 했다.

샤워를 마친 줄리 아줌마는 가방에서 조립식 의자를 꺼냈다. 그리고 나를 향해 빙긋 웃어 보이더니, 의자를 한 개 더 꺼냈다. 마술쇼 같았다. 다음번에는 그 안에서 식탁이나 자전거가 나올지도 몰랐다.

나를 앞세우고 옥상으로 올라간 줄리 아줌마는 한참 동안 끙끙대며 의자를 조립했다. 잠시 후 완성되고 나서 보니, 비치용 의자였다. 줄리 아줌마는 의자에 길게 몸을 뉘었다.

"뭐해? 이리 앉아."

나는 조심스럽게 의자에 앉아보았다. 간이의자였지만 머리와 엉덩이가 닿는 부분에 천이 덧대져, 뒤로 누워도 꽤 편안했다. 아줌마는 다리를 쭉 뻗고, 만족스러운 신음을 내뱉었다.

"이제 좀 휴가 기분이 나네. 바람도 선선하고, 햇볕도 좋고. 바다에 온 것 같다. 그렇지?"

나는 휴대폰에 글자를 찍었다.

'좀 더운데요.'

"애는! 그러니까 여름휴가지!"

'아줌마 직업은 뭐예요?'

"나는 의사야."

'거짓말.'

"맞아. 거짓말이야."

줄리 아줌마는 빙글빙글 웃었다.

"선희는 남자친구 몇 명이나 사귀어봤니?"

'남자친구 없어요.'

"아하, 그때 그 모자 쓴 남자애 한 명뿐이구나?"

나는 인상을 찌푸렸다.

'미카는 남자친구 아니에요.'

"뭐가 아니야. 그애만 쳐다보던데."

'그건 그냥 짜증나서 본 거라고요.'

"왜 짜증이 나?"

'애가 바보 같고 미련해서요.'

줄리 아줌마는 쯧쯧, 혀를 찼다.

"그건 어쩔 수가 없지. 신이 그들을 도우라고 여자를 만드신 거니까."

'여긴 왜 오신 거예요?'

"말했잖니! 널 보러 왔다고."

줄리 아줌마는 길게 하품을 하더니, 금세 코를 골았다. 나는 의자에 누운 채 하늘을 바라보았다. 남자친구라니. 아기 때부터 몸이 약했던 미카는 한심할 정도로 소심하고 겁이 많았다. 도토리만큼 자그맣고, 가무잡잡한 그애가 할 줄 아는 거라곤 웃으면서 버티는 것뿐이었다. 잘하는 게 그것뿐이니, 패거리들한테도 그저 끈질기게 얻어터지는 수밖에 없었다. 하지만 그런 식으로 잭슨 할아버지의 트롬본을 찾아올 수 있을까? 할아버지에겐 시간이 얼마 남지 않았다. 모른 척하려 해도 이젠 인정할 수밖에 없었다.

나는 잭슨 할아버지를 보며 죽음이 얼마나 뻔뻔한 것인지 깨달았다. 죽음 직전에 인간은 얼굴이 점차 납빛으로 변하고, 온몸의 근육이 힘을 잃고, 자기도 모르게 볼일을 보고 만다. 잭슨 할아버지는 온몸에 주렁주렁 주삿바늘을 꽂고 누워서, 제이제이 존슨의 레코드를 들었다. 눈을 감은 할아버지가 눈물을 흘리는 게 고통 때문인지, 음악 때문인지 알 수 없었다. 할아버지는 잠결에 어머니를 찾았다. 그 이름이 할아버지의 고통을 덜어주었다.

　줄리 아줌마는 골목에 도착한 지 사흘이 지나도록 레스토랑 주변을 슬슬 돌아다니기만 했다. 할 일이 많다고 했지만 실은 할 말이 많을 뿐이었다. 아줌마는 온종일 쉬지 않고 이야기를 했다. 엄마랑 둘이서 서로 파마를 해준답시고 머리를 완전히 태워먹은 이야기, 히치하이킹으로 서울까지 갔다 온 이야기, 파티에서 만난 미군들과 밤새 스윙댄스를 춘 이야기, 그리고 엄마가 아빠를 처음 만난 날의 이야기. 아줌마는 나를 앉혀놓고, 색색깔의 실로 머리를 땋아주면서 말했다.

　"우리는 둘 다 키도 작고 비쩍 말라서, 볼품없는 아가씨들이었어. 그런데 어느 날부턴가 너희 엄마가 갑자기 달라 보이는 거야. 마치, 얼굴에서 빛이 흘러나오는 것 같았어. 대체 무슨 일이 생긴 건지 알 수 없었지."

　부드럽게 머리를 만지는 손놀림에 졸음이 왔다.

"네 아빠를 만나면서, 네 엄마가 얼마나 많이 행복해했는지 몰라."

머리카락을 가닥가닥 다 땋는 데 한나절이나 걸렸다. 점점 눈꼬리가 위로 당겨올라가는 느낌이었다.

"이 스타일이 왜 좋은 줄 아니?"

줄리 아줌마가 밝은 목소리로 내게 말했다.

"겁이 없어진다는 거야! 어디든지, 원하는 데로 갈 수 있지."

나는 울긋불긋한 머리타래를 흔들어보았다. 거울 속의 나는 아프리카 소녀처럼 보였다. 줄리 아줌마가 기지개를 켜고 방으로 들어간 뒤, 나는 조용히 집을 나섰다.

숲으로 올라가는 입구에는 엄청나게 큰 나무가 쓰러져 있었다. 지난번 벼락에 밑동이 완전히 산산조각난 대추나무였다. 벼락 맞은 대추나무가 길조라는 말은 양복점 할아버지한테서 들었다. 그게 그렇게 대단한 건지, 시청에서는 나무 주위에 끈을 쳐놓았다. 그들은 뭐든지 자기들 맘에 드는 게 있으면 일단 끈을 쳐놓는데, 언젠가 나도 시청 건물에 둘둘 끈을 칠 작정이었다.

그간 내린 비로 풀이 울창해진 것을, 숲의 입구에서도 느낄 수 있었다. 짙은 초록의 잎사귀가 우거져, 하늘이 잘 보이지 않을 정도였다. 사방에서 매미들이 날카롭게 울어댔다. 나는 눈앞에 쓰러진 대추나무를 바라보았다. 다리가 땅에 붙어버린 것처럼 꼼짝하지 않았다. 저 위로 올라가서 허공을 마주 볼 용기가 없었다. 하루에도 두세 번씩 오르내리던 길이 흐릿하게 녹아내렸다.

골목으로 내려와 샬롬하우스를 지나가는데, 아이들의 고함소리가 들렸다.

존 목사님과 아이들은 다 같이 마당에 모여 있었다. 그들은 급하게 책을 나르고 있었다. 정면과 측면을 책으로 쌓아올린 요새를 짓는 것이었다. 존 목사님은 중앙에 서서 책이 허물어지지 않도록 아이들을 지도하고 있었다.

제시가 갑자기 나를 끌어당기더니 책더미 아래로 고개를 숙이도록 했다. 제시는 무색소증으로, 피부도 머리카락도 새하얀, 소금인형 같은 아이였다.

"비상사태야. 전쟁이 났단 말이야."

제시는 내 어깨에 손을 올렸다.

"엄마들이 데리러 올 때까지 잘 숨어 있어야 돼."

무슨 말인지 알아듣기도 전에, 내게도 책이 밀려들었다. 멍하니 있는 내게 존 목사님이 뭐하냐는 듯 벽을 가리켰다. 할 수 없이, 나도 책을 쌓았다. 낡은 종이 냄새, 잉크 냄새가 났다. 아이들은 목사님의 서재에서 계속해서 책을 뽑아왔다. 저녁이 다 된 시간이었는데, 누구도 건물 안으로 들어가려고 하지 않았다.

애들은 그곳에서 보초를 선답시고 맨빵을 뜯어먹고 킬킬대다가, 다 같이 책에 기대 잠이 들었다. 목사님은 이불을 가져와서 잠든 아이들 위에 넓게 덮어주었다. 제시의 물고기처럼 투명한 손이 목사님의 팔을 잡았다. 나는 그곳에 누워서 잠든 애들이 쌕쌕거리는 숨소리를 들었다. 캄캄한 하늘에 별이 많이 보였다. 클럽의 네온사인이 사라졌기 때문인 것 같았다.

다음날, 포클레인 두 대가 나란히 숲으로 올라갔다. 사람들은 쓰러진 대추나무를 끈으로 매달아 조심스럽게 옮긴 후에, 땅을 갈아 엎으면서 조금씩 이동했다. 지난 비에 쓸려내려간 흙이며 모래 들이 곳곳에 작은 언덕을 이루고 있었다. 커다란 바퀴가 잔디를 밟고, 들꽃을 짓이겼다. 방문을 꼭꼭 닫아걸고 있는데도 귓속에선 숲에서 울리는 기계음이 멈추지 않았다. 날카로운 그 소리가 귓속을 파고들었다.

저녁식사 때 만난 아빠는 안색이 어두웠다. 줄리 아줌마는 다음날 약속이 있어서 서울에 간다고 했다.

"선희도 같이 갈래?"

아줌마는 대뜸 내게 손을 내밀었다.

"아침 일찍 갔다가 저녁엔 돌아올 거야."

나는 서울 나들이에 별로 안 좋은 추억을 가지고 있었지만, 아줌마를 따라나서기로 했다. 단 한 시간만이라도 이 골목을 벗어나고 싶었다.

줄리 아줌마와 나는 일찍 채비를 하고 내려왔다. 레스토랑은 새벽부터 불을 밝히고 있었다. 어쩌다 한 명씩 아침을 먹으러 오는 경비병들 때문이었다. 아무도 없는 레스토랑에 혼자 우두커니 앉아 있는 아빠가 바보처럼 보였다.

"여기, 샌드위치 좀 쌌습니다."

아빠가 도시락을 내밀자, 줄리 아줌마는 여행 가는 기분이 난다고 좋아했다. 아줌마는 처음 골목에 도착했을 때 입었던 빨간색 원피스에 작은 핸드백을 메고 있었다. 레스토랑을 나서는데, 줄리 아줌마의 손이 내 손을 꽉 잡았다.

"같이 가줘서 고마워."

아줌마의 손이 살짝 떨리는 게 느껴졌다. 가끔은 어른들도 의지할 데를 찾아 아이들의 손을 잡는다는 걸, 나는 이제 안다. 아빠의 손길을 뿌리쳤을 때, 그 커다란 몸이 어디로 가야 할지 모르고 휘청거렸던 것도 기억한다.

줄리 아줌마와 나는 어둑어둑한 골목을 걸어갔다. 퀸클럽의 깨진 유리창에 우리의 옆모습이 비쳤다. 주변의 가게들은 전부 다 시커멓게 철문을 내리고 있었다. 꼭 유령의 마을을 빠져나가는 기분이었다.

서울로 가는 버스에서, 기사 아저씨가 빤히 줄리 아줌마를 바라봤다. 사람들의 시선이 동시에 우리를 향했다. 아줌마의 산호색 머리카락 때문이었다. 통로 옆에 앉은 한 아줌마는 대놓고 줄리 아줌마를 쳐다봤다. 줄리 아줌마는 코를 골고 자느라, 아무것도 모르고 있었다. 창밖으로 푸른 논밭이 획획 지나갔다.

서울까지는 그리 먼 거리가 아니었다. 골목 앞에서 버스를 타고 세 시간이면 높은 빌딩의 네온들이 번쩍거리는 서울 한복판에 갈 수 있었다. 그런데도 우리 골목은 늘 외딴섬처럼 느껴졌다. 바깥세상으로 나가는 사람도, 바깥세상에서 들어오는 사람도 없었기 때문이다. 꽃장수 할머니들은, 우리 골목에서 미군보다 먼저 떠난 사람들은 도망을 가거나 쫓겨난 경우밖에 없다고 했다. "미군들 상대하는 것처럼 쉬운 게 없거든. 무슨 장사든, 한번 그 맛을 보면 다른 데로는 절대 못 가. 몇 년이 지나든 결국 다시 오게 되지." 줄리 아줌마는 미군보다 먼저 골목을 떠났었지만, 입을 벌리고 자는 모습이 어떻게도 도망자로 보이지는 않았다.

버스는 곧 사람들로 북적거리는 터미널 앞에 멈췄다. 나는 아줌마를 쿡쿡 찔러 깨웠다. 줄리 아줌마는 벌떡 일어나 주위를 둘러보더니, 내 손을 잡고 버스에서 내렸다.

줄리 아줌마의 목적지는 서울에서도 꽤나 구석진 곳이라, 우리는 시내버스를 두 번이나 갈아탔다. 내가 샌드위치를 먹는 동안, 줄리 아줌마는 작은 쪽지를 뚫어져라 들여다보았다.

"거의 다 온 것 같아. 거기에도 먹을 거 많을 텐데 얼른 가자."

구불구불한 좁은 오르막길을 한참 올라, 우리는 작은 상가 앞에 도착했다. 그곳은 내가 아는 서울과 많이 달랐다. 서울이라고 해서 사람들이 전부 번쩍거리는 차를 몰고 다니는 것도, 높은 건물에 전망 엘리베이터가 오르내리는 것도 아닌 모양이었다.

낡은 상가 지하로 내려가는데, 돼지고기 냄새가 훅 끼쳤다. '연회전문'이라고 쓰인 뷔페식당 문 앞에 가짜 화환이 늘어서 있었다. 나는 손을 내밀어, 딱딱한 국화꽃을 만져보았다. 지금쯤 사람들이 숲을 얼마나 갈아엎었을까. 공동묘지까지 얼마나 가까워졌을까. 마음이 납덩이처럼 딱딱해졌다.

"지금부터 아무 말도 하지 마…… 아, 그건 걱정 안 해도 되겠구나."

줄리 아줌마는 숨을 한 번 크게 들이쉬더니, 문을 열고 안으로 들이갔다. 잔칫날인지 여러 사람들이 모여 있는 실내가 왁자지껄했다. 기름기가 번들거리는 테이블 가운데 자리에 머리가 하얀 할머니가 한복을 입고 앉아 있었다. 그 뒤에 '어머님의 칠순을 축하드립니다!'라고 쓰인 현수막이 보였다. 촌스러운 한복을 입고 시끄럽게 떠들어대던 아저씨들이 줄리 아줌마를 보자마자 얼음처럼 굳어버렸다.

"안녕하셨어요, 오빠."

술에 취해 불콰하던 아저씨들의 얼굴이 순식간에 무섭게 일그러졌다.

"너, 여기가 어디라고 얼굴을 디밀어?"

한복을 차려입은 뚱뚱한 아저씨가 버럭 소리를 질렀다.

"저…… 구석에서 잠깐만 앉아 있다 갈게요."

"누구 마음대로?"

뚱뚱보 아저씨와 똑같은 한복을 입은 말라깽이 아저씨가 우리를 문밖으로 밀어내려 했다.

"오빠, 그러지 말구요……"

"애 얼른 끌어내! 얼른!"

양쪽에서 아저씨들이 잡아끌자, 아줌마는 온몸으로 버텼다. 밀려나지 않으려 발버둥을 치는 사이 구두가 벗겨졌다. 아줌마의 맨발이 바닥에 쓸렸다. 아저씨들은 아랑곳 않고 줄리 아줌마를 질질 끌고 갔다. 아줌마의 두 팔이 뒤로 꺾여버릴 것 같았다.

"오빠…… "

"누가 네 오빠야!"

줄리 아줌마는 아저씨들한테 떠밀려 화환 쪽으로 넘어졌다. 날카로운 플라스틱 꽃잎에 긁힌 아줌마의 뺨에서 피가 배어나왔다. 그대로 두면 아저씨들의 구둣발에 짓밟힐 것 같았다.

196

"엄마!"

뜨거운 덩어리가 목구멍을 타고 올라왔다.

"아저씨, 우리 엄마 왜 때려요! 때리지 마세요! 아저씨들이 뭔데 때려요! 아저씨들이 뭔데! 우리 엄마 아프잖아요!"

내 안에서 뭔가가 '뻥' 소리를 내며 터져나왔다. 눈물, 콧물이 펑펑 솟아올랐다. 나는 침을 질질 흘리면서 울었다. 지하 식당이 다 잠겨버릴 정도로, 목청을 떨고, 가슴을 들먹이면서, 엉엉 울었다. 아저씨들은 할 말을 잃고 멍하니 나를 바라보았다. 그새 줄리 아줌마는 일어나 구두를 꿰어신었다. 아줌마의 머리카락이 뭉개진 진달래꽃 같았다.

"누가 오셨수?"

식당 문이 열리더니, 하얀 머리칼의 할머니가 빼꼼히 얼굴을 내밀었다. 뚱뚱보와 말라깽이 아저씨가 움찔 놀랐다. 키가 나만큼 작은 그 할머니는 아저씨들을 향해 손을 흔들었다.

"총각들 여기서 뭐해?"

할머니는 깃털처럼 가볍고 행복한 미소를 지었다. 바보나 미친 사람만 지을 수 있는 표정이었다. 오랫동안 세라의 친구였던 나는 한눈에 할머니한테 문제가 있다는 걸 알아챘다.

"여기서 뭐해, 나 심심한데."

"지금 막 들어가려고 했어요, 어머니."

아저씨들이 할머니 팔을 붙잡고 들어갔다. 안에 있던 손님들이 모두 고개를 쭉 빼고 줄리 아줌마를 바라봤다. 뚱뚱보 아저씨는 낮은 목소리로 경고하듯 말했다.

"밥만 먹고 가라."

눈이 퉁퉁 부은 나는 기운이 쭉 빠져, 줄리 아줌마랑 같이 구석에 앉았다. 줄리 아줌마는 사람들의 시선에도 아랑곳 않고 몇 번씩이나 음식을 가져다 먹었다. 뚱뚱보와 말라깽이 아저씨가 할머니 앞에서 노래를 부를 때는, 박수를 치며 따라 부르기까지 했다. 할머니가 흥에 겨워 어깨춤을 추고 있을 때, 아줌마는 내 손을 잡고 자리에서 일어났다.

"선희야, 그만 가자."

우리는 허리를 구부리고 연회장에서 빠져나왔다. 그때, 할머니가 말릴 새도 없이 우리를 향해 종종종 걸어왔다. 할머니는 비닐에 담긴 무지개떡을 줄리 아줌마 손에 꼭 쥐여줬다.

"이거 집에 가서 먹어요."

줄리 아줌마는 말없이 떡을 내려다보고, 꾸벅 고개를 숙였다.

"감사합니다. 다시 한번 생신 축하드려요."

"아가씨, 참 이쁘게 생겼네."

할머니는 아줌마를 흐뭇하게 바라보았다.

"나도 딸이 있거든."

"따님이요?"

"응, 아직 애기야. 구슬같이 쬐그매."

할머니는 줄리 아줌마의 얼굴을 쓰다듬었다.

줄리 아줌마는 그 자리에 선 채 꼼짝도 하지 않았다. 사람과 사람의 눈이 마주칠 때는 아무 소리도 나지 않는다. 모든 빛에는 소리가 없듯이. 문을 나서기 전에, 나는 나도 모르게 뒤를 돌아봤다. 할머

198

니는 나를 향해 영문 모를 미소를 지었다.

집으로 돌아가는 버스에서, 나는 아줌마랑 제일 뒷자석에 앉아 무지개떡을 나눠 먹었다. 갑자기 아줌마가 품, 웃음을 터뜨렸다.

"아까 네가 나더러 엄마라고 할 때, 그 인간들이 놀란 표정 너무 재밌지 않았니?"

"하나도 재미없는데요."

"선희 목소리가 아주 이쁘네?"

나는 모르는 척 눈을 감았다. 버스의 흔들림에 금세 졸음이 쏟아졌다.

"그 인간들 많이 늙었더라. 하긴 나도 늙었지. 안 변한 건 엄마뿐이야……"

아줌마의 목소리가 희미해졌다.

22

송이송이 눈꽃송이 하얀 꽃송이
　하늘에서 내려오는 하얀 꽃송이
　　나무에도 들판에도 동구 밖에도 골고루 나부끼네 아름다워라
　　송이송이 눈꽃송이 하얀 꽃송이
　　　하늘에서 내려오는 하얀 꽃송이
　　　　지붕에도 마당에도 장독대에도 골고루 나부끼네 아름다워라

노랫소리에 눈을 떴을 땐 햇빛이 쨍쨍한 아침이었다. 꿈이었나? 지난밤 늦게 집으로 돌아온 기억이 났다. 줄리 아줌마는 문을 열고 들어오자마자 아빠한테 외쳤다. "얘 이제 말한대요!" 나는 도망치듯 방으로 들어와 이불을 뒤집어쓰곤 곧장 잠이 들었다.

자정 무렵, 뺨에 닿는 한 줄기 청량한 바람에 눈을 떴다. 문득 창밖을 봤더니, 눈이 내리고 있었다. 나는 이끌리듯 창가로 다가갔다.

팝콘만한 눈송이들이 하늘에서 너울너울 떨어져내렸다. 가게마다 불이 꺼져 있는데도, 새하얀 눈빛으로 골목이 대낮처럼 환했다. 어디선가 나지막한 노랫소리가 들렸다. 나는 노래가 그치지 않길 바라며 숨을 죽였다. 꿈이라고 하기엔 너무나 생생했다.

아침을 먹으러 내려가 있는데, 타샤가 나를 찾아왔다.

"어젠 어디 갔던 거야?"

타샤가 허리춤에 손을 올리고 나를 쳐다봤다. 그 옆에는 자파르도 서 있었다. 나는 그의 낡은 작업복을 위아래로 훑어보았다. 그 파키스탄 남자는 나를 볼 때마다 어깨를 움츠렸다. 나한테 잘못한 거라도 있는 사람처럼.

"내 얘기 듣고 있어?"

타샤가 내 눈앞에서 손가락을 부딪쳤다.

"세탁소 문을 닫는다니까!"

나는 멍하니 타샤를 바라보았다.

"어제 시청에서 나온 사람들이 사장님 사인을 받아갔어. 슈퍼도 문을 닫는대. 전부 다 여길 떠날 거야."

그날 해가 중천에 뜰 때까지, 슈퍼도 세탁소도 문을 열지 않았다. 양복점 할아버지는 아침부터 잭슨 할아버지의 양복을 재단하고 있었다.

"한 달 안에 공단 쪽으로 가게를 옮기면, 시청에서 지원금을 준다더라."

할아버지는 코웃음을 쳤다.

"뭐라더라…… 정화사업? 하! 그럼 지금까지 여기서 벌어먹고 산 우리는 다 진창에 모여든 구더기였나?"

할아버지는 날카로운 재단가위로 세탁소 쪽을 찔러 보였다.

"돈 얘기 나오기가 무섭게 짐 싸러 가는 사람들은 또 뭐야? 코미디가 따로 없더구면."

타샤가 떠나고, 아이스크림을 파는 슈퍼도 문을 닫는다. 골목에는 결국 아빠와 나만 남게 될 것이다. 나는 잠시 후 조용히 입을 열었다.

"할아버지는 왜 안 가시는데요?

늘 그게 궁금했다. 돈이라면 벌벌 떠는 양복점 할아버지가 왜 이 골목을 떠나지 않는지. 양복점 할아버지는 못 들은 척 재봉틀로 머리를 숙였다.

"잭슨의 상태가 너무 안 좋아. 앞으로 한 달도 버티기 어려울 것 같다."

양복점 할아버지는 혼잣말을 하듯 중얼거렸다.

"공동묘지에 묻히고 싶어했는데, 이제 그것도 다 틀렸어. 이번 주에 굿인지 제사인지 한판 하고, 묘지를 갈아엎는단다더라."

양복감은 푸른빛이 맴도는 은색이었다. 옷감이 어찌나 매끄러운지 손에서 그대로 흘러내릴 것 같았다. 나는 그 옷을 왜 만드는 거냐고 묻지 않았다. 잭슨 할아버지는 지금 제자리에 앉아 있지도 못하는데, 사람들의 얼굴도 잘 알아보지 못하는데, 새 양복이 무슨 소용이냐고 묻지 않았다. 가봉이 다 끝났으니, 이제 길어도 일주일이면 양복이 완성될 것이었다.

양복점에서 나온 나는 알로하클럽 앞에 앉아서 생각을 정리해보려고 했다. 하지만 아무것도 생각나지 않았다. 그저 세라를 본 지 꽤 오래되었다는 것, 알로하클럽이 며칠간 문을 열지 않았다는 사실이 떠올랐다. 나는 한참 동안 그곳에 앉아 있었다. 아무도 골목을 지나가지 않았다.

지구 따위는 애초에 왜 생긴 것일까. 내 주위에는 행복한 사람들이 한 명도 없었다. 그래서 전부 그렇게 떠난 것이다. 어쩌면, 혹시나, 행복해질 수도 있지 않을까 하는 생각에. 사람들은 끊임없이 옮겨다니면서, 뭔가를 다시 시작하려고 한다. 그래야 불행한 자신을 잊어버릴 수 있기 때문이다. 그렇다면, 모든 걸 잊어버리기 위해서, 우리에게 필요한 건 핵폭탄뿐일지도 모른다.

아빠는 저녁 늦게 목사님과 함께 집에 돌아왔다. 두 사람은 레스토랑 한구석에 앉아서, 긴 이야기를 나누었다. 존 목사님은 공동묘지에 묻힌 아이들 생각에 잠을 이룰 수가 없다고 했다. 조용조용 말소리가 오가는 와중에, 존 목사님의 무거운 한숨소리가 들렸다.

나는 저녁을 든든하게 먹고, 방에 들어가서 가방을 챙겼다. 무릎담요, 물병, 에너지바, 체온계, 주머니칼…… 빠뜨린 게 없는지 두 번씩 확인한 후에 방수점퍼를 입고 이불 속으로 들어갔다.

다음날 새벽, 나는 제일 먼저 레스토랑 부엌의 불이 꺼져 있는지부터 확인했다. 골목은 단 한 곳도 빠짐없이 잠들어 있었다. 나는 어둠 속에서 가방을 메고 방을 나섰다. 막 문을 열고 나가는데, 누군가 내 앞을 막아섰다.

"선희, 어디 가니?"

존 목사님이었다. 아빠와 존 목사님, 두 사람 모두 어제와 똑같은 차림에, 시뻘겋게 충혈된 눈으로 거실에서 커피를 마시고 있었다.

"지금 어디 가는 거야? 그 큰 가방은 또 뭐고?"

나는 담담하게 아빠를 바라봤다.

"공동묘지에 갈 거예요."

"뭐?"

"더이상 여기 있지 않을 거예요. 두 번이나 같은 일이 일어나게 할 수는 없어요. 엄마 옆에 누군가가 있어줘야 해요."

"너 지금 상황이 어떤지도 모르면서……"

아빠의 목소리가 높아지자, 존 목사님이 아빠와 나 사이를 막아섰다.

"선희야…… 네가 지금 이러는 건 하나도 도움이 안 돼."

"그럼 어떻게 하는 게 도움이 되는데요?"

나는 목사님을 향해 되물었다.

"여기서 이렇게 얘기만 하고 있어봤자 아무 소용 없어요. 아빠랑 목사님은 여기서 계속 이야기나 하세요. 저는 거기 가서 누워 있을 거예요. 포클레인이 와서 저를 밟고 가도 좋아요. 죽어도 상관없어요! 어차피 제가 원해서 태어난 것도 아니라고요!"

순간, 아빠의 오른손이 내 뺨을 스치고 지나갔다. 볼을 조금 세게 미는 느낌 정도였다. 아프지도, 따끔하지도 않았다. 그런데도, 나는 너무 놀라서 그 자리에 주저앉아버렸다. 아빠는 오른손을 덜덜 떨고 있었다. 왼손을 숨기는 대신 두 배 더 움직여야 했던 아빠의 오른손. 지금껏 레스토랑에서 요리를 만들고, 결제 사인을 하고, 책장을 넘겼던 손, 아빠의 남은 삶을 혼자 감당해왔던 오른손. 그때, 침묵을 깨고 문이 열리는 소리가 들리더니, 줄리 아줌마가 화장실에서 파자마 바람으로 나왔다.

"저…… 말씀중에 끼어들어서 죄송한데요."

우리는 동시에 아줌마를 바라보았다.

"공동묘지 공사 내문에 그러나본데, 제 생각엔 그렇게 걱정 안 해도 될 것 같아요. 말처럼 쉽게 뒤집어엎을 수 없을 거예요. 거기 안 올라가보셨어요?"

아줌마는 잠에서 덜 깬 얼굴로 말했다.

"제 평생 그런 꽃천지는 처음 봤어요. 누군지 작정하고 나무를 심은 것 같던데…… 사방에 장미꽃이 묘지 주위를 빽빽하게 둘러쳤어요. 눈이 부셔서 제대로 쳐다보지도 못하겠던데, 그걸 어떻게 밀고 지나가요?"

눈앞이 번쩍거렸다. 나는 번개보다 더 빠른 속도로, 집을 뛰쳐나갔다.

숲으로 올라가는 길은 거짓말처럼 넓고 매끈하게 닦여 있었다. 아침안개가 뿌옇게 껴서, 주위를 잘 분간할 수 없었다. 아빠와 존 목사님이 숨을 헉헉 몰아쉬며 내 뒤를 따라오고 있었다. 갈림길을 지나, 한참을 더 걸어갔을 때였다. 갑자기 안개가 싹 걷히면서 눈앞의 풍경이 드러났다.

"저게…… 눈인가? 눈이 내린 거야?"

공동묘지 입구에 새하얀 융단이 깔려 있었다. 방금 눈이 내린 것처럼, 너른 들판에 햇살이 반짝였다. 바람이 불자, 새하얀 꽃잎이 일제히 흔들렸다. 한 걸음씩 다가갈수록 흰 장미가 멀어지더니, 뒤

이어 고운 레몬빛이 드러났다. 노란색, 살구색, 분홍색 장미가 촘촘한 레이스처럼 뒤섞여 있었다. 겹겹의 꽃잎이 숨막힐 듯 향기를 뿜어냈다. 라벤더색, 보라색 장미는 마지막 꽃무리를 이루며, 비탈길로 이어졌다. 복슬복슬한 장미꽃잎이 물결을 일으키는 것 같았다.

장미묘목이 어딘가 이상하다는 것을 깨달은 것은 그다음 순간이었다. 장미묘목의 대부분이 한 방향으로 꺾이거나 누워 있었다. 비 때문에 흙이 다 파헤쳐진 채 쓰러진 묘목도 있었다. 별 모양의 꽃봉오리들이 땅에 닿을 듯, 낮은 자리에서 피어나고 있었다. 줄기가 만신창이가 되어 쓰러진 상태에서 꽃잎을 틔운 것이었다.

종류별로 뒤섞인 장미묘목이 서로를 지탱하면서 더욱 깊이 뿌리를 내렸다. 색색의 꽃잎이 공동묘지를 빙 둘러, 향기로운 화관을 씌우고 있었다. 그 풍경은 내가 아는 무엇과도 닮아 있지 않았다. 이 세상과 전혀 다른 곳, 언젠가 존 목사님이 말했던, 슬프고 가난한 사람들이 대부분의 자리를 차지하고 있다는, 정말 그런 곳이 있다면, 천국, 같았다.

23

"지금 이거…… 꿈인가요?"

목사님의 손을 잡아보았더니, 따뜻한 체온이 느껴졌다. 꿈이 아니었다. 아빠는 눈을 떼면 그 모든 게 사라지기라도 할까봐 두려운 듯 주위를 둘러보고 있었다.

"이건 기적이야."

존 목사님이 내 손을 꼭 잡고 말했다. 기적 같은 건 없다고, 나는 속으로 생각했다. 저절로, 괜히, 이유 없이 피는 꽃은 없다. 나는 글자를 읽기도 전부터 미세스 정의 텃밭에서 장미꽃을 심었다. 삽을 쥘 수 있게 되면서부터 씨앗을 심고, 묘목을 심은 것이다. 미세스 정은 원예가 과학의 한 부분이라고 했다. 흙, 물, 햇빛, 이중 하나라도 망가지면 나무는 살아남을 수 없다.

공동묘지를 둘러싼 장미묘목 사이사이에는 물길이 나 있었다. 그래서 열흘간 내린 비에도 물에 잠기지 않은 것이었다. 나 아닌 누군가 이곳에 와서, 물길을 만든 것이다. 그 모든 일을 했음 직한 한 사람이 머릿속에 떠올랐다.

아침 한나절 흙부대를 쌓은 미세스 정은 꽃장수 할머니들과 함께 잠시 쉬면서 옥수수를 먹고 있었다. 미세스 정은 나를 보자마자 벌떡 일어나 손을 흔들었다.

"선희야! 이리 와 옥수수 먹어라!"

꽃장수 할머니들은 다 같이 온천에 갔던 일을 이야기하고 있었다. 몇 년 전의 일을 바로 어제 있었던 일처럼 와자지껄, 시끌벅적이었다. 나조차도 몇 번씩이나 들었던 이야기였지만, 그러니까 할머니들도 정말 재미있어서 웃는 건 아니라고 해도, 할머니들의 웃음소리는 정말 좋았다. 미군들이 떠난 뒤에도, 꽃장수 할머니들은 굶어 죽지 않았다. 그리고 더이상 꽃값을 구걸하러 다니지도 않았다.

"제가 지금 어디 갔다 오는지 아세요?"

미세스 정은 내 입가에 묻은 옥수수 알갱이를 떼어냈다.

"글쎄."

"공동묘지 장미밭이에요."

미세스 정의 눈빛이 흔들렸다.

"거기 물길을 내주셨죠? 덕분에 장미가 전부 살아남았어요."

"다행이구나."

미세스 정은 조용히 말했다.

"비가 너무 많이 와서 소용없을 줄 알았는데."

미세스 정은 내가 장미를 훔쳐가고, 비료를 덜어가는 도둑이라는 걸 알고 있었다. 처음부터 내내, 알고 있었던 것이다.

"저한테 많이 실망하셨죠?"

"솔직히 말했더라도 너를 도와줬을 거야."

"도둑질을 해서 죄송해요……"

미세스 정은 고개를 끄덕였다.

"그건 정말 나쁜 짓이야."

"……저를 용서해주지 않으실 거예요?"

미세스 정은 말없이 나를 바라보더니 미소를 지었다.

"난 너를 사랑한단다. 그걸 아직 몰랐니?"

나는 무슨 말을 해야 할지 몰라 옥수수를 두 손으로 붙잡고 먹었다. 꽃장수 할머니들이 다 먹은 옥수숫대를 붙잡고 팝송을 부르고 있었다. 섬 세이 러브, 잇 이즈 어 리버 댓 드라운즈 더 텐더 리드…… 할머니들이 부르는 팝송에는 언제나 특별한 느낌이 있었다. 나는 그 순간, 그 말, 그 노래를 잊지 않으려고 숨을 죽였다.

옥수수를 다 먹고, 나는 미세스 정과 같이 숲에 올라가서 쓰러진 장미묘목에 지지대를 세웠다. 주위가 어둑어둑해지자, 꽃잎의 색깔이 더욱 선명하게 보였다. 굿을 하고 공사를 한다더니 온종일 아무 소식이 없었다. 좋은 징조였다.

그날, 줄리 아줌마는 하루 종일 꽃장수 할머니들과 함께 흙부대를 날랐다고 했다. 흙먼지를 뒤집어쓰고 온 아줌마는 몸을 움직일 때마다 신음소리를 냈다.

"무게가 정말 장난이 아니더라구. 그래도 이제 허리만큼 쌓았어. 완성되는 거 보고 가면 좋을 텐데."

줄리 아줌마는 가방에 비치용 의자를 착착 접어 집어넣고, LA라고 쓰인 커다란 타월도 집어넣었다. 줄리 아줌마는 이틀 뒤, 집으로 돌아가야 했다. 나는 문턱에 서서 가방을 싸는 줄리 아줌마를 지켜보았다.

"좀더 있다 가면 안 돼요?"

줄리 아줌마는 소리없이 웃었다.

"어차피 거기 가족도 없잖아요."

"누가 가족이 없어?"

줄리 아줌마는 깜짝 놀란 표정을 지었다. 그러고는 지갑을 꺼내 촌스러운 결혼사진을 보여주는 것이었다. 금갈색 머리칼을 어깨까지 기른 줄리 아줌마의 남편은 중고 자동차 판매상이라고 했다. 아줌마는 내 앞에서 사진에 쪽, 하고 입을 맞추었다.

"열일곱 살이 되면 미국에 놀러와."

"왜 열일곱 살이에요?"

"혼자서 집을 떠나도 좋은 나이니까."

줄리 아줌마는 빠른 속도로 가방을 꾸렸다. 그리고 지퍼를 닫은 후, 침대맡에 앉아서 내게 자그마한 노트를 건넸다.

"이게 뭐예요?"

"너를 가진 사실을 알게 됐을 때, 네 엄마가 얼마나 기뻐했는지 너는 모를 거야. 더이상 일을 나가지도 못하고, 방에서도 쫓겨날 판이었는데, 뭐가 그리 좋은지 종일 웃고 다녔지. 이건 니 엄마가 그때 썼던 일기장이야."

줄리 아줌마는 그 파란색 노트를 한참 동안 내려다보다가 입을 열었다.

"당시에는 네 아버지한테도 임신 사실을 알리지 못하고 있었어. 네 아버지는 아직 학생이었고, 또 너희 할아버지…… 누가 클럽걸을 며느리로 받아들이고 싶어하겠어. 그 일이 일어나기 전까지 너희 할아버지는 네 엄마 존재도 몰랐단다."

"그 일이요?"

"화재사건 말이야."

줄리 아줌마는 잠시 말을 멈추고 나를 바라보았다.

"네 아버지가 그 일에 대해 아무것도 이야기해주지 않았니?"

"네."

줄리 아줌마는 자리에서 일어나 창문을 활짝 열었다. 그리고 주머니에서 담배를 꺼내는 것이었다.

"담배를 피우세요?"

"넌 나에 대해 모르는 게 너무 많구나."

줄리 아줌마는 담배를 입에 물고, 불을 붙였다. 나는 참을성 있게 아줌마가 다시 이야기를 시작하기를 기다렸다.

"네 엄마가 있던 클럽은 주인 여자가 그악스럽기로 유명했어. 밤이면 아가씨들이 도망가지 않게 방마다 자물쇠를 채워놓았는데, 어느 날 밤 전기 합선으로 불이 난 거야. 주인 여자는 이 골목에서 한참 떨어진 시내의 아파트에 살고 있었어. 그 여자가 돌아왔을 때 숙소에서 살아남은 사람은 네 엄마 한 명뿐이었단다. 네 아빠가 창문으로 늘어가 네 엄마를 구해 나왔지. 나머지 여자들은 전부 질식사로 죽었어. 그 일이 있고 난 후에 네 엄마는 네 아빠와 결혼했지."

줄리 아줌마는 창문에 대고 담배연기를 뿜어냈다.

"다들 그애를 부러워했어. 죽을 고비에서도 살아남고, 남편까지 꿰찼다고. 그런데 너희 엄마는 날이 갈수록 점점 더 우울해 보였어. 입만 열면 숨이 막힌다, 뜨겁다는 소리를 하고, 방문을 닫으면 비명을 질러댔어. 사람들을 만나면 불에 타 죽은 여자들 얘기를 줄줄 늘어놓았지. 배는 점점 불러오는데…… 날이 갈수록 더 위태로워 보였어. 네 아빠는 뭘 어떻게 해야 할지 몰랐어. 과거로 돌아갈 수도 없었고, 집 안의 문을 다 없애버릴 수도 없었으니까."

아줌마는 창가에서 나를 돌아보았다.

"네가 태어났을 때, 나는 그곳에 있었어. 간호사가 갓 태어난 너를 잠시 네 엄마한테 안겨줬어. 정말 자그맣고, 새빨간 아기였지. 울기는 또 얼마나 서럽게 우는지. 네 엄마가 네 귀에 대고 무슨 말을 하니까 신기하게도 넌 울음을 멈추고, 네 엄마와 눈을 맞추었지. ……아주 짧은 순간이었어. 하지만 세상엔 찰나로도 이미 충분한 순간이 있단다. 간호사는 다시 너를 데리고 갔고, 네 엄마는 한참 동안 그 뒷모습을 바라보았어. 나는 화장실에 가느라 잠시 자리를 비웠지. 돌아왔을 때, 네 엄마는 사라지고 없었어. 그게 마지막이었어."

줄리 아줌마는 한참이나 침묵한 후, 말을 이었다.

"네 엄마는 세상 사람들이 이 골목을 이야기할 때 제일 좋은 본보기였어. 과거는 아무래도 좋다고 말하는 사람들, 상처는 싹 잊어버리고, 결과만 좋으면 되는 거라고 얘기하는 사람들 말이다. 하지만 인간은 그렇게 간단한 존재가 아니야."

"그렇다고 죽기까지 할 필요는 없었어요."

나는 떨리는 목소리로 말했다.

"저한테는 엄마가 필요했다구요."

"그래, 알아."

줄리 아줌마는 울고 있었다. 아줌마는 처음 도착했을 때처럼, 품 안에 나를 꼭 안아주었다. 나는 벗어나려고 발버둥쳐봤지만, 아줌마 의 억센 힘을 이길 수가 없었다. 줄리 아줌마의 산호색 머리카락에 서 담배연기 냄새가 났다.

24

줄리 아줌마가 돌아간 뒤 나는 언제나 그 파란색 노트를 옆구리에 끼고 다녔다. 밥을 먹을 때는 무릎 위에 올려놓고, 잠을 잘 때는 베개 밑에 넣어두고, 시시때때로 손을 더듬어 만져보았다. 하지만 절대로 노트를 펼쳐보지는 않았다. 혹시라도 나를 원망하는 말이 쓰여 있으면 어떻게 하나. 두려웠기 때문이다.

그사이 오래전 골목을 떠났던 촬영팀의 방송이 전파를 탔다. 나는 잭슨 할아버지네 집에서 미카랑 양복점 할아버지랑 같이 그 방송을 보기로 했다. 미카는 오른쪽 눈에 안대를 쓰고 와서, 눈병에 걸렸다고 거짓말을 했다. 잠시 후, 방송이 시작됐다. 잭슨 할아버지는 산소호흡기를 달고 누워서도 시선을 화면에 고정시켰다. 양복점 할아버지가 초크를 입에 물고 있는 장면에서는 우리 모두 소리를 질렀다. 꽃장수 할머니들을 인터뷰한 장면에서는 나도 모르게 웃음이 나왔다. 비비안 할머니는 화면을 잘 받았다. 뒤이어 문을 닫은 가게들과 골목 안의 황량한 풍경, 출입금지 줄이 쳐진 공동묘지, 그리고 미세스 정의 장미밭에서 무릎을 꿇고 잡초를 뽑는 꽃장수 할머니들의 모습이 화면에 나타났다.

"잭슨 할아버지, 잘 아는 사람들이 텔레비전에 나오니까 기분이 정말 이상하지 않아요?"

잭슨 할아버지는 눈을 감고 있었다. 좋은 꿈을 꾸는 사람처럼 입가에는 미소를 띠고, 두 손은 가슴 위에 얹은 채로. 양복점 할아버지가 그 손 위에 자신의 손을 얹었다.

방송을 다 보고 잭슨 할아버지의 집에서 나왔을 때, 골목에는 사람이 한 명도 없었다. 미카는 답답했는지 집에서 나오자마자 안대를 벗어버렸다.

"이제 그만둬."

"뭘 그만두라는 거야?"

미카는 시퍼런 눈두덩을 꿈벅거리며 나를 바라보았다.

"트롬본 찾겠다고 헛고생하지 말라고! 패거리들이 그렇게 순순히 넘겨줄 거 같아? 그럴 시간 있으면 잭슨 할아버지랑 좀더 같이 있겠다."

"내가 알아서 할게."

미카는 낮은 목소리로 말했다.

"트롬본 꼭 돌려받을 거야. 이번에도 도중에 그만두면 나는 남자도 아니야."

"뭐, 남자?"

웃음을 터뜨리는 나를 미카는 심각한 표정으로 바라보았다.

"먼저 갈게."

미카는 고개를 돌리고 골목을 달려갔다.

텔레비전 방송이 나온 후, 놀라운 일이 일어났다. 단체 농성을 하고, 성명서를 발표하고, 심지어 미국으로 편지를 보내도 아무 관심을 보이지 않던 사람들이 우리 골목에 눈길을 돌리기 시작한 것이다. 인터넷에는 연일 그 방송에 대한 이야기가 오르내렸다. 꽃장수 할머니들과 샬롬하우스 아이들의 후생을 국가에서 책임져야 한다는 목소리가 더해졌다. 어떤 사람들은 직접 우리 골목에 와서 할머니들과 이야기를 나누고 싶어했다.

시청에서는 이슈가 가라앉기를 기다렸지만, 시간이 갈수록 적극적인 사람들이 모이면서 서명운동이 시작됐다. 골목 주변의 무분별한 개발을 반대하는 서명운동이었다. 텔레비전 방송이 이런 힘을 가지고 있다니, 턱수염이 왜 좋은 프로그램을 만드는 것이 꿈이라고 했는지 이해할 수 있을 것 같았다. 마침내 시청에서는 두번째 주민회의를 소집했다. 첫번째 때와 달리 회의실이 휑할 정도로 사람들이 적었다. 그들 모두가 죽어서도 이 골목을 떠날 생각이 없다는데 의견을 모았다. 꽃장수 할머니들과 미세스 정은 관계자들과 긴 시간 개별적으로 이야기를 나누었다. 한참 뒤에 회의실에서 나온 미세스 정은 손수건으로 땀을 닦았다.

"무슨 얘길 그렇게 했어요?"

"장미 얘기."

미세스 정은 열기를 식히려는 듯 손부채질을 했다.

"방송을 보고 투자자들이 뒤로 빠지는 바람에 골프장 사업이 좀

복잡하게 되었나보더라. 일단 그사이 몇 년간만 이 근방에 장미를 키울 수 있게 후원해달라고 이야기했어. 무엇보다도 신품종 장미는 돈벌이가 되니까. 저 사람들이 중요하게 생각하는 지역 이미지에도 도움이 되고."

"몇 년 안에 꽃이 안 피면요?"

"그건 그때 가서 생각해봐야지."

"지금까지 한 번도 성공하지 못했잖아요."

"가능성은 늘 반반이야."

미세스 정은 밝은 목소리로 말했다.

"그래도 우리는 늘 시도해왔잖아."

가만히 보면 미세스 정이랑 아빠는 꽤나 닮았다. 무엇보다도 웃을 때 턱에 생기는 작은 보조개. 나는 내 턱에 있는 작은 보조개를 더듬어보았다.

골목으로 돌아오자마자, 토니 아저씨가 해쓱해진 얼굴로 아빠를 찾아왔다. 전날 미카가 집에 들어오지 않았다고 했다. 패거리들에 대한 이야기를 털어놓자마자, 아빠는 곧장 토니 아저씨의 차를 타고 미카를 찾으러 갔다. 나는 미세스 정이랑 같이 근처 동네를 구석구석 뒤지고 다녔다.

저녁이 다 될 때까지 누구도 미카를 찾지 못했다. 미세스 정은 경찰에 신고를 해야 한다고 했고, 그전에 패거리들의 집 전화번호를 찾아보려고 나는 잠시 집에 들렀다. 정신없이 계단을 올라가는데, 익숙한 그림자가 보였다.

"너!"

미카는 만신창이가 된 얼굴로 계단 꼭대기에 앉아 느긋하게 콜라를 마시고 있었다. 그애는 나를 보자 성큼성큼 계단을 내려오더니 숨결이 느껴질 만큼 가까이 다가왔다. 그리고 무슨 말을 하려는 듯 망설이다가, 입을 맞췄다.

골목에서 살아온 십이 년 동안, 나는 적어도 천 번 이상의 키스를 목격해왔다. 기뻐서 하는 키스, 슬퍼서 하는 키스, 밥 먹기 전에 하는 키스, 안부를 묻는 키스, 위로해주려고 하는 키스, 헤어지기 전에 하는 키스, 미안해서 하는 키스…… 키스의 모든 분야에서 조기교육을 받은 셈이다. 하지만 실제에서 그건 아무 도움도 되지 않았다.

입술을 스치는 부드러운 감촉에 나는 너무 놀라서 계단에서 떨어질 뻔했다. 휘청거리는 내 허리를 붙잡은 미카는 이리저리 입술을 포개다가, 어쩔 줄 모르고 작은 한숨을 내쉬었다. 모든 키스는 사실은 하나의 키스, 사랑을 구하는 키스인지도 모른다. 미카는 내 뺨에 자신의 뺨을 가만히 갖다댔다. 미카의 가방 사이로 삐죽 고개를 내민 트롬본이 보였다. 입속에서 콜라 맛이 났다.

잭슨 할아버지는 의식이 희미한 중에도 자신의 트롬본을 한눈에 알아봤다. 트롬본을 받아든 할아버지는 떨리는 두 손으로 조심스럽게, 찌그러진 부분을 쓰다듬었다. 트롬본 따위는 아무래도 상관없다는 말은, 거짓말이었다. 그 트롬본은 잭슨 할아버지의 유일한 끈이었다. 잭슨 할아버지의 가족, 꿈, 하나뿐인 애인이었다. 사람들은 인생에서 스스로 선택하지 않은 것들을 결국에는 더 사랑하게 되는 것 같다.

25

고대 아즈텍 문명에서는 죽음을 삶의 연장으로 보고, 시신을 여러 방식으로 매장했다. 쭈그려앉은 자세, 태아처럼 웅크린 자세, 가슴을 땅에 대고 엎드린 자세, 혹은 똑바로 선 자세로 묻기도 했다. 죽음만은 삶과 완전히 다른 것이라 믿고 싶은 우리는 잭슨 할아버지를 잠을 자듯 편안한 자세로 묻었다.

그날, 나는 골목 사람들과 함께 공동묘지에 서 있었다. 맑고 화창한 하늘에 새하얀 구름을 스푼으로 떠먹을 수도 있을 것 같은 날이었다. 잭슨 할아버지의 자리는 137번과 449번 무덤 사이, 노란색 장미가 무리지어 피어 있는 곳이었다. 관 위에 흙이 떨어지는 소리가 파도소리처럼 들렸다. 은색 양복을 입은 잭슨 할아버지는 트롬본을 가슴에 품고, 파도 너머로 사라졌다.

봉분 앞에 선 사람들은 말이 없었다. 무거운 침묵 속에 어디선가 큼큼거리는 소리가 났다. 소리는 조금씩 커졌다. 미카였다. 당황한 토니 아저씨가 입을 막자, 미카는 고개를 좌우로 비틀며 웃음을 터뜨렸다.

"왜 그러니, 미카?"

존 목사님이 미소를 띠고 물었다. 미카는 웃음기 가득한 목소리로 대답했다.

"비석이…… 너무 웃겨요."

무표정하게 서 있던 양복점 할아버지도 힘없이 웃음을 터뜨렸다. '쟉슨-쟈즈처럼 살다 죽다'라고 쓰인 비석은 양복점 할아버지의 작품이었다. 발음의 리얼리티를 살린다는 의도였지만, 돌 위에 궁서체로 쓰인 글자는 어딘가 비참하리만치 우스워 보였다. 잭슨 할아버지처럼, 골목에 사는 모든 사람들처럼. 문득, 엄마가 왜 이곳에 묻히길 원했는지 이해할 수 있을 것 같았다. 그리고 정말 힘든 건 그런 엄마의 바람을 받아준 아빠였을 거라는 생각이 들었다.

"아빠."

집으로 내려가는 길에, 나는 아빠에게 파란색 노트를 내밀었다.

"이거, 자꾸 열어보고 싶은 유혹이 생겨요. 제가 열일곱 살이 될 때까지만 맡아주세요."

아빠는 무게를 재듯 노트를 들어보았다. 나는 토니 아저씨를 뒤쫓아 전속력을 다해서 달려갔다.

미카네 가족은 언제나 그렇듯 세 식구가 손을 꼭 잡고 걸어가고 있었다. 미카네 가족은 이틀 뒤에 토니 아저씨의 친구들이 있는 뉴올리언스의 트레일러 촌으로 갈 거라고 했다. 나는 장례식장에서 그 소식을 들었다.

"하늘이 무너져도, 뉴올리언스로는 돌아가지 않을 거라고 하셨잖아요."

토니 아저씨는 힘없이 웃으며 어깨를 으쓱해 보였다.

"어쩔 수가 없구나."

아저씨를 이해하지 못하는 건 아니었다. 우리 골목은 미군들을 하늘처럼 모시고 살던 동네였다. 그러니 이 동네에 천재지변보다 더한 일이 많이 일어났던 것도 당연했다. 토니 아저씨는 내게 나중에 미카를 만나러 오라고 했다. 미카와 눈이 마주친 나는 화들짝 놀라 고개를 돌렸다. 키스 사건 이후 미카와는 한마디 말도 하지 않고 있었다. 그후 우리는 둘 사이가 최악이었을 때보다 더 어색해지고 말았다. 멀리서 미카랑 비슷한 목소리만 들려도 심장이 떨려 도망쳐버렸다.

장례식이 끝난 후 아빠가 몇 안 되는 조문객에게 레스토랑에서 점심을 대접하기로 했다. 다 같이 숲을 내려가는데, 양복점 할아버지만 홀로 잭슨 할아버지의 무덤 앞에 서 있었다. 친구와 하루아침에 헤어질 수는 없는 법이다.

골목을 떠나기 전날 미카는 나를 찾아왔다. 그애는 입을 꾹 다물고 내 방을 둘러보다가 불쑥 말을 내뱉었다.

"죽을 때까지 수영은 배우지 마."

"왜?"

"너는 내가 구해줄 거니까. 미국에서 매일 네가 물에 빠져 있다고 생각하고 연습할 거야."

"너 없을 때 물에 빠져 죽으면?"

"그럴 일 없도록 빨리 돌아올게."

"안 돌아와도 돼. 거기서 잘살아."

마음에도 없는 소리를 해서, 코끝이 찜찜했다.

미카네 가족은 택시를 타고 골목을 떠났다. 짐이라고는 가방 세 개가 전부였다. 나는 창가에 붙어서서 몰래 택시가 떠나는 것을 지켜보고 있었다. 택시가 떠나기 직전에, 미카는 내 방 창문을 똑바로 바라보았다. 나는 얼른 벽 뒤로 몸을 숨겼다.

"선희야! 나 간다! 정말 간다!"

토니 아저씨가 미카의 머리를 쥐어박고 차문을 닫았다. 그리고 정말, 차가 움직이기 시작했다. 나는 정신없이 계단을 뛰어내려갔다. 아래로 내려갔을 때, 택시는 막 골목을 빠져나가고 있었다.

"미카!"

나는 고래고래 소리를 질렀다. 가슴이 터질 것 같았다. 택시가 골목에서 사라지기 직전, 미카가 창문으로 어깨를 내밀고 뒤를 돌아보았다.

"꼭 돌아와야 돼! 꼭 다시 돌아와!"

"알았어! 약속할게!"

나는 내가 그릴 수 있는 제일 큰 호를 그리면서 손을 흔들었다. 미카는 공항으로, 미국으로, 흑인들이 모여 사는 뉴올리언스의 트레일러 촌으로 멀어져갔다. 미카는 내게 다시 돌아오겠다고 말했다. 그런 약속이 대부분 흔적도 없이 사라져버린다는 건 나도 알고 있었다. 하지만 약속마저 없다면 어떻게 살아갈 수 있을까. 나는 미카의 말을 믿었다.

26

　양복점 할아버지가 문을 닫고 떠난 뒤, 골목에는 인적이 뚝 끊겼다. 얼마 전까지 이곳에 네온사인이 번쩍거리고, 음악이 쿵쾅대고, 사람들이 모여 살았던 것이 모두 거짓말 같았다.

　미군들이 다 떠난 기지 쪽으로 날마다 수십 대의 차량이 드나들었다. 미군기지 환경 정화 때문이었다. 집을 빌려 살다가 떠날 때는 원래대로 집을 정리해놓고 가야 된다. 집 주인 입장에서는 바닥에 기름때가 진득하고, 벽지에 시커멓게 그을음이 묻어나고, 방마다 악취가 진동하는 집을 그대로 돌려받을 수는 없으니까.

　조사 결과, 미군기지 땅속에는 폐유 저장탱크가 그대로 묻혀 있고, 사격장에는 불발탄도 제대로 처리되지 않은 상태라고 했다. 기지 안팎의 흙은 구리와 납에 오염된 것으로 드러났다. 기지를 이 상태로 넘겨받으면, 땅을 제 상태로 돌이키는 데 땅값만큼이나 큰 비용이 들 것이라고 했다.

"자칫하면 서로 책임만 떠넘기다가 수십 년이 지나가고 만다니까."

필리피나의 말에 따르면 그녀의 고향인 필리핀에서도 비슷한 일을 겪었다고 했다. 게다가 환경 정화 문제로 기지 반환 시기가 늦춰지면서, 주변이 전부 유령마을이 되어버렸다고도 했다.

여름방학이 끝나자 반 아이들은 딱 절반으로 줄어들어 있었다. 부모님만 서울로 가고, 할아버지 할머니와 남은 아이들도 있었다. 패거리들 역시 많은 수가 떨어져나갔는데, 재미있는 건, 남은 애들이 전부 양처럼 순해졌다는 사실이다. 나한테 다가와서 미카에 대해 얘기할 정도였다.

"그 새끼 진짜 골 때리더라. 뒈지게 맞고, 또 맞고, 피 터지게 맞고도 쫓아오는 거야. 진짜, 죽으려고 작정한 새끼 같았어. 그러다 진짜 죽으면 골치 아파질까봐 손 턴 거지."

죽으려고 작정한 사람은 절대로 죽지 않는다. 뭣도 모르고 낄낄대는 꼴이라니. 지능이라고는 조금도 없는 애들이다. 아니, 그건 재능의 문제인지도 모른다. 눈에 보이지 않는 것을 믿고, 죽을힘을 다해 달려갈 수 있는 능력. 내가 아는 사람 중에 제일 큰 재능을 가진 사람은 미세스 정이었다. 미세스 정은 시청에서 신품종 장미사업에 대한 허가를 받아냈다. 그리고 시청에서 받은 지원금으로 창고가 터질 만큼 많은 묘목을 사들였다. 나무를 심고, 꽃을 피우고, 가루받이에 성공하기까지 끝이 보이지 않는 일들이 기다리고 있었지만, 그것도 언제 포클레인에 밀려버릴지 모르는 일이었지만, 꽃장수 할머니들은 당장 굶어 죽진 않게 생겼다며 마냥 좋아했다.

공동묘지의 장미묘목은 그사이 키가 두 배쯤 자랐다. 갈수록 탄탄해지는 잎맥을 보면, 내가 심었던 그 시들시들한 나무가 맞는지 의심스러울 정도였다.

"대체 이유가 뭘까요?"

미세스 정은 땅을 가리켜 보였다.

"빗물에 실려온 것들이 뿌리 주변에 쌓이면서 자연스럽게 피복이 된 것 같아. 그게 잡초를 막고, 흙을 부드럽게 만들어준 거야. 우리는 나무에만 물을 주지만, 비는 온 숲에 다 내리잖니. 무조건적으로."

"무조건적으로요."

"그래, 무조건적으로."

나는 곰곰이 생각에 잠겨, 장미묘목의 녹색 잎사귀를 만져보았다.

흙부대 집은 이제 벽체에 미장재를 바르는 일만 남겨두고 있었다. 아빠는 진흙과 볏짚을 버무려서 미장재를 만들었다. 흙부대로 쌓은 집의 벽체는 사면이 울퉁불퉁해서, 그 면이 매끈해지도록 여러 번에 걸쳐 미장재를 발라줘야 했다. 미장작업은 일손이 많아야 한다고 해서, 오후에는 타샤와 자파르도 일을 도우러 왔다.

공단 쪽에 상점이 점점 더 늘어나고 있다고 했다. 필리피나와 욜리의 포장마차도 장사가 제법 잘되고, 얼마 전에는 알로하클럽 사장 아줌마도 그곳에서 호프집을 열었다고 했다. 내가 세라를 보고 싶다고 하자, 자파르가 당장 데려다주겠다고 나섰다. 자파르는 어떻게든 나랑 친해지려고 정말 부단히도 애를 썼다. 그가 곧장 이야기를 전했는지, 사흘 뒤 2차 미장을 할 때는 세라와 알로하클럽 아줌마가 찾아왔다. 세라를 보고 반가웠던 것도 잠시, 그애가 온몸에 진

흙을 묻히고 나에게 안기는 바람에 옷이 전부 엉망이 됐다. 다른 쪽 벽에서 들리는 알로하클럽 아줌마의 웃음소리도 신경에 거슬렸다. 그쪽 벽면을 흘금거리느라 사팔뜨기가 될 지경이었다.

다행히 점심을 먹자마자 세라가 집에 가자고 난리를 피우는 바람에, 오후에는 내가 맡은 벽에만 집중할 수 있었다. 문틀을 세운 벽을 둘러싸고 미세스 정, 아빠, 내가 각자 벽 앞에 서서 미장재를 발랐다. 세 사람의 목소리만 벽을 넘어 오고갔다. 1차 미장 때보다 반죽이 더 미끈거렸다.

"아빠."

"그래."

"만약에요."

"응."

"진짜 만약인데요."

"그래, 말해."

"새엄마가 생기면 저는 집을 나갈 거예요."

"······"

"혹덩어리가 되고 싶진 않아요."

"선희야, 부모한테 자식은 다 혹덩어리란다."

미세스 정의 목소리가 벽을 넘었다.

"내 몸도 아니면서, 내 몸처럼 아픈 게 혹덩어리 아니겠니."

해가 질 무렵, 우리는 모닥불을 피우고 앉아서 매끈해진 벽을 바라보며 차를 마셨다. 그곳은 이제 정말 집처럼 보였다. 사람들이 머물고, 음식 냄새가 새어나오고, 두런두런 말소리가 흘러나오는 집.

"바람이 차니까 이거 입어요."

미세스 정은 얇은 티셔츠를 입은 아빠를 보고, 직접 뜬 스웨터를 가져왔다. 스웨터는 정말 신기하게 딱 맞았다. 아빠는 고개를 숙이고 스웨터를 내려다보았다.

"감사합니다."

미세스 정은 손등으로 눈가를 닦아내더니 미소를 지었다. 고요한 가운데 모닥불이 타닥거리는 소리만 들렸다. 아빠와 미세스 정은 더 아무 말도 하지 않았지만, 나는 뭔가를 이해한 것 같았다. 모닥불을 사이에 둔 짧은 순간이었지만, 세상에는 찰나로도 충분한 순간이 있는 법이다.

우리는 밤늦게 골목으로 돌아왔다. 멀리서부터 레스토랑의 간판이 보였다. 비가 올 때 떨어져내린 바로 그 간판이었다. 아빠는 물기가 마르자마자 간판을 예전 자리에 도로 달아놓았다. 그것은 여전히 더럽고 구질구질했지만, 어쨌든 내가 자란 골목에 하나밖에 남지 않은 간판이었다. 골목 안에 변치 않은 것이 하나쯤은 있어야, 사람들이 돌아올 때 길을 잃지 않을 수 있을 것이다.

나는 땅에 드리운 아빠의 그림자를 바라보았다.

"아빠…… 만약에 다시 사랑하는 분이 생기면…… 다시 사랑을 하셔도 돼요."

"그런 일은 없을 거야."

아빠는 낮은 목소리로 말했다.

"다시 그런 일은 없을 거다."

"아니에요, 아빠."

나는 말했다.

"가능성은 늘 반반이에요."

잠을 자려고 침대에 누웠을 때, 미카가 떠올랐다. 잘 적응하고 있을까. 새 학교, 새 친구, 트레일러에서의 생활, 전부 만만치 않을 텐데. 당장은 어색하고 불편하겠지만, 그래도 미카가 다시 수영을 시작하게 된 건 정말 잘된 일이었다. 미카는 물속에 있을 때 제일 자유롭기 때문이다. 자신이 원하는 존재가 되는 기분, 그에 비할 수 있는 건 아무것도 없다.

미군들이 이 골목을 떠난다고 했을 때, 사람들은 땅이 갈라지고 불길이 솟아오르기라도 할 것처럼 혼비백산 놀라서 도망치기 시작했다. 하지만 실제로는 아무 일도 일어나지 않았다. 오히려 이 땅은 어둠과 고요 속에 빠져버렸다.

사람들은 비로소 깊은 잠에 빠져, 제대로 된 꿈을 꿀 수 있게 됐다.

나는 미군들을 따라 이곳을 떠난 사람들을 잘 알고 있다. 그들이 지금 어떤 삶을 살고 있는지도 빤히 그려볼 수 있다. 진짜로 이 골목을 떠난 사람들은 그들이 아니라 여기 남은 우리들인지도 모른다.

이 어둠과 고요가 끝난 뒤에 무엇이 있을지 아직은 확신할 수 없다. 우리가 꿈에서 깨어난 뒤에도 여전히 숨을 쉬고 있을까? 언젠가 나는 이 골목에서 살아남은 사람들에 대한 이야기를 할 것이다.

에 필 로 그

클럽 언니들 말이, 오 개월부터는 소리를 들을 수 있다는데, 들리니? 지금 이 소리 들려? 어머, 배를 걷어차는 걸 보니까, 정말 들리나봐…… 아직 주먹만큼도 자라지 않은 네가 소리를 다 듣는다니. 그 안은 캄캄하기만 하고, 너는 아직 바깥세상을 본 적이 없으니까, 모든 소리가 다 새롭겠구나.

어젯밤에 줄리 이모가 너를 꿈에서 봤는데, 나를 꼭 닮았다고 하더라. 믿을 만한 소리가 아닌 줄 알면서도, 오늘은 거울을 자주 들여다봤어. 내 얼굴을 한참 보고 있으니까, 재미있더라. 미리 말하지만, 엄마는 미인이 아니야. 나중에 실망하지 않았으면 좋겠다.

요즘 엄마는 클럽에서 낮에는 청소를 하고, 밤에는 부엌일을 한단다 사장님이 내 사정을 알고 특별히 일을 준 거야. 잘 모르는 사람들은 이 골목에 나쁜 사람들만 모여 사는 줄 알지만, 그건 사실이 아니야. 여기 사는 사람들도 다 같이 울고, 다 같이 웃을 줄 아는 사람들이야.

오늘 낮에는 다 같이 해장국을 시켜 먹는데, 내가 밥을 두 그릇이나 먹는 걸 보고 사람들이 '애가 입덧도 안 시키나봐, 기특하다' 그러더라. 난 그 말이 왜 그렇게 좋은지, 오후 내내 소파 청소를 하면서 웃었어. 그러고 보니까 정말 입덧을 한 번도 안 하긴 했지. 매운 게 아기한테 안 좋다고 해서 자주 먹던 떡볶이만 끊었어. 나중에 네가 자라면, 엄마가 떡볶이를 만들어줄게. 정말 맛있는 떡볶이 만드는 비법을 알거든. 네 아빠가 그러는데, 엄마가 만든 떡볶이를 먹으면 기분이 좋아진대. 네 아빠는 엄마한테 칭찬을 참 많이 해주지. 아무것도 아닌 걸 가지고, 엄마가 아주 대단한 사람인 것처럼, 세상에 둘도 없이 아름다운 여자인 것처럼, 흠도 허물도 없는 영혼인 것처럼 느끼게 해준단다. 엄마도 알지. 네 아빠가 나를 가엾게 여기고 늘 그렇게 애를 쓴다는 거. 그런데 엄마는 그게 싫지 않다. 지금까지 엄마를 그렇게 가엾게 여겨준 사람은 아무도 없었거든. 엄마는 네가 나중에 다른 사람들을 온 마음으로 가엾게 여기는 사람이 되었으면 좋겠다. 그 사람이 너보다 더 나은 상황일지라도, 심지어 너에게 해를 가한 사람일지라도.

네가 나를 바라볼 때 나는 어떤 기분이 들까. 네 눈동자는 연한 갈색일까, 검정색일까. 네 아빠처럼 턱에 보조개가 있을까? 거리에 나가면, 너는 아기 오리처럼 곧잘 내 뒤를 쫓아올까. 엄마, 라고 부르는 네 목소리는 어떨까. 언제부터 우산을 자기 손으로 들고 걷게 될까. 너에 대한 모든 게 궁금하구나. 그런데 이거 아니? 네가 어떤 모습이든지, 나한테는 최고라는 거.

지금도 잘 믿어지지 않는다. 어떻게 네가 나한테 왔을까. 내가 너에게 뭘 해줄 수 있을까. 갑자기 겁이 나서 잠에서 깬 적도 있어. 하지만 미리 걱정하지 않으려고 해. 우리가 함께 보낼 수 있는 수많은 날들이 있잖아. 네가 태어나면 차근차근 배워나가지 뭐. 그때까지, 건강히. 바깥에서 무슨 소리가 들려도 겁내지 말고, 엄마 목소리를 잘 듣고 있어. 무슨 일이 있어도, 너를 지켜줄게. 언제까지나 널 사랑한단다.

작가의 말

사 년 전 여름, 나는 주말마다 한 레스토랑에 드나들었다. '아침 식사'를 전문으로 하는 그 레스토랑은 기지촌 골목에 위치하고 있었다. 젊은 미군들이 발 디딜 데 없이 들어선 레스토랑 안에 빵 굽는 냄새, 커피 향기, 그리고 이야기가 가득했다. 이 소설은 그곳에서 시작되었다.

소설이 만들어지는 과정에 대해서라면 나는 아직도 아는 게 없다. 나 자신이 마치 허공을 더듬으며 길을 찾아가는 절름발이 맹인 같다. 이 소설을 쓰는 도중에도 나는 여러 번 길을 잃었다. 왔던 길을 몇 번이나 되돌아가야 했기에, 책이 나오는 데 오랜 시간이 걸렸다. 나조차도 나를 믿을 수 없었을 때 인내심을 가지고 기다려준 모든 이들에게 감사를 전한다.

언젠가 내가 읽었던 소설과 같은 소설을 쓰고 싶다. 이해할 수 없는 삶, 조각난 풍경, 말할 수 없는 감정 들을 밝히 비추어주는 소설들. 좋은 소설은 빛과 같은 것이라고, 나는 믿고 있다.

2012년 8월

정한아

문학동네 장편소설

리틀 시카고

ⓒ 정한아 2012

1판 1쇄 │ 2012년 8월 20일
1판 2쇄 │ 2012년 10월 10일

지은이 정한아
펴낸이 강병선
책임편집 조연주 │ 편집 황예인 박지영 │ 디자인 김이정 유현아
마케팅 신정민 서유경 정소영 강병주 │ 온라인 마케팅 김희숙 김상만 이원주
제작 안정숙 서동관 임현식 │ 제작처 영신사

펴낸곳 (주)문학동네
출판등록 1993년 10월 22일 제406-2003-000045호
주소 413-756 경기도 파주시 문발동 파주출판도시 513-8
전자우편 editor@munhak.com │ 대표전화 031)955-8888 │ 팩스 031)955-8855
문의전화 031) 955-8890(마케팅) 031) 955-8864(편집)
문학동네카페 http://cafe.naver.com/mhdn

ISBN 978-89-546-1897-7 03810

* 이 책의 판권은 지은이와 문학동네에 있습니다.
  이 책 내용의 전부 또는 일부를 재사용하려면 반드시 양측의 서면 동의를 받아야 합니다.
* 이 도서의 국립중앙도서관 출판시도서목록(CIP)은 e CIP 홈페이지(http://www.nl.go.kr/ecip)에서
  이용하실 수 있습니다.(CIP제어번호: CIP2012003554)

www.munhak.com